当代作家精品·散文卷

主编　凌翔　王晓霞

光阴如禅

周晓丹 著

中国画报出版社·北京

图书在版编目 (CIP) 数据

光阴如禅 / 周晓丹著 . -- 北京 : 中国画报出版社 ,
2022.9
（当代作家精品）
ISBN 978-7-5146-2096-2

Ⅰ . ①光… Ⅱ . ①周… Ⅲ . ①散文集—中国—当代
Ⅳ . ① I267

中国版本图书馆 CIP 数据核字（2021）第 276142 号

光阴如禅

周晓丹　著

出 版 人：方允仲
责任编辑：李　媛
责任印制：焦　洋

出版发行：中国画报出版社
地　　址：中国北京市海淀区车公庄西路 33 号　邮编：100048
发 行 部：010-88417360　010-68414683（传真）
总编室兼传真：010-88417359　版权部：010-88417359

开　　本：16 开（710mm × 1000mm）
印　　张：14
字　　数：195 千字
版　　次：2022 年 9 月第 1 版　2022 年 9 月第 1 次印刷
印　　刷：涿州军迪印刷有限公司
书　　号：ISBN 978-7-5146-2096-2
定　　价：70.00 元

目 录

第四辑　花开一季，情暖一生

第五辑　随缘自在，心生欢喜

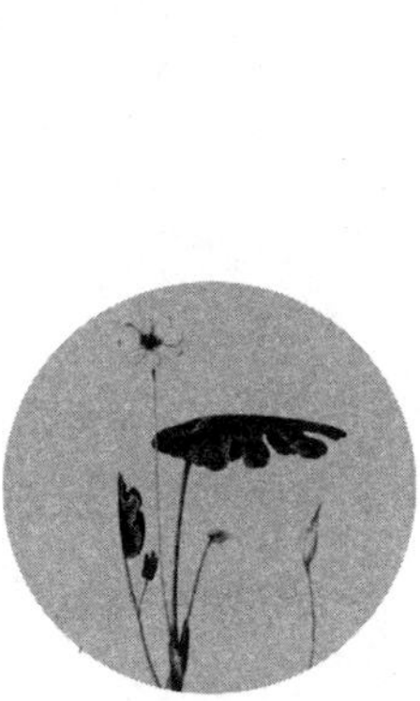

第一辑　时光缱绻，岁月生香

光阴如禅，落落清欢

“光阴”两个字，有一点素朴，有一点娴静。

像春风绵绵，吹来层层叠叠的温柔，落在眉间。又像雾霭茫茫，看不清，道不明，却温润了眼眸。

从晨曦到日暮，从青丝到白首，光阴一刻不停地在指尖游走。时而厚重，时而轻盈，时而如晚霞般绚烂，时而如月色般清幽。

回首向来萧瑟处，有风有雨也有晴。有欢乐，也有痛苦，有平静，也有坎坷。一路跌跌撞撞，风雨兼程。

光阴如茶，在岁月的打磨下，慢慢变得醇厚浓郁。青涩与稚嫩，悄然褪却。

光阴如书，在时光的年轮中渐次厚重。心境，也在繁华与落寞中，逐渐平和。

光阴如花，在四季的轮回中，绽放自己的芳华。纵使年华老去，内心依旧丰盈。

光阴如禅，每一步都是修行。走过日月星辰，趟过时光细流，所有一切，终归平静，波澜不惊，落落清欢。

白落梅说：“四时流转，所有的路都是自己选择，每一个渡口都是自己甘愿停留，因果从不曾亏欠你我什么，我们没有理由去抱怨。”

我们，都是生命中的匆匆过客。相逢，或是离别，每时每刻都在上演。过去的已经过去，未来的尚未到来。安于当下，静守这一季的淡然与恬静，细数花开，淡看花落。

昨日一切，已是青梅往事。无论悲喜，都是属于自己的风景。好的坏的，都要接受，都要释怀。

这一程山水，有绵延不绝的美景，也有别离与失去。有些回忆，只适合收藏。有些故事，只适合铭记。有些人，默默地怀念就好。有些风景，远远地欣赏就好。

人生若是太完美，反而显得有些无趣。总会有些遗憾，让我们明白珍惜的意义。总会有些刻骨铭心，填补生命的空白。

光阴的角落里，盛放着慈悲，书写着明媚。

每个人，都在用自己的方式，迷人着。不用在别人的世界里卑微乞怜，好好做自己。在自己的世界里，独自优雅。

一路行走，不经意间，悲欢早已自度。无需刻意，无需隐忍，便已风轻云淡。

“行至水穷处，坐看云起时”，是岁月随手相赠的豁达。

那些热烈的、奔放的、喧嚣的形式主义，黯然落幕。而那些低调的、内敛的、朴素的生活态度，不知不觉间，已融于光阴，沉淀于岁月。

终有一天，我们都会成为时光的故人，任谁也无法幸免。

所以，这短短的一生，努力绽放过就好。把梦想当作种子，种在内心深处，不必张扬。默默浇灌，静静等待它开花结果的那一天。

光阴未老，韶华犹在。

愿你我心怀赤诚，永远热泪盈眶，奔赴山海，步履不停。

愿你我心中有丘壑，眉目做山河。山河远阔，不负此生！

浅冬生寒意，微光暖人心

陌上花，已然凋零。枝上叶，渐次飘落。时光，总在不经意间雕琢万物的容颜。

走在浅冬的街道上，萧瑟的风，撩拨着忧伤的弦韵，吹来阵阵寒意。黄叶铺地，足下沙沙细响，像是生命呢喃的耳语。

站在季节的转角处，回首凝望。那些曾经珍藏的往事，如山间清爽的风渐渐消逝。淡了，远了……

内心一阵怅然，感慨万千。那些说好一路同行的人，走着走着却散了。曾经自己很在意的事，也变得模糊不清。

路过春之明媚，夏之繁华，秋之静美。一回眸，一驻足，已是清浅的冬。

人世间，很多美好，都是短暂的。如秋天一般，短到没有。如昙花一般，惊艳只在刹那。

四季流转，岁月更迭。只觉时间真的好不经用，一眨眼便是一天，一回头便是一年，一转身便是一辈子。时光匆匆，究竟去了哪里?

在泛黄的叶子上，清晰的脉络记录着悠悠往事。在石板的青苔上，点点青绿，晕染着苍凉的心事。在淡淡的檀香里，袅袅燃尽，不留一丝痕迹。

昔日的踏马疾行，在光阴悄悄落下的帷幕里，慢慢收拢脚步。一点点，似夕阳一般，跌落山峦。

时光，留不住昨天。缘分，停不在初见。有时，一别便是一生。

无论多么熟悉的两个人，如果不去关心，慢慢就变得陌生了。彼此不说话，渐渐就无话可说了。

人生能够相遇，已是不易。相互懂得，更要珍惜。感情，需要的是理解和尊重。陪伴，需要的是耐心和默契。

那些随时间慢慢淡去的人情，也无需刻意去维系。该遇见的，终会遇见。该离开的，亦会离开。命定的因缘际会里，我们真的别无他法。

时间过滤下来的，都是最真切的深情。岁月沉淀下来的，都是最温暖的感动。

时光如雪，覆盖一切，那些开心的，失意的，甚至念念不忘的人和事，到最后，只留下一片苍茫茫的白。白得纯净，也白得苍凉。

挥挥手，与过去告别。把所有的迷惘和困顿，所有的骄傲和浮躁，所有的爱恨与蹉跎，都揉碎了扔在过往。

不热烈不张扬，不肆意不豪壮，也不再随波逐流。无需活在别人的眼光里，在自己的一方天地，发光发热就好。

摒弃一切纷杂，丢掉一切困扰，好好活着，往前走，就是最美的时光。

白音格力说："两鬓的雪，若是沧桑，我用微笑扫除；若是迷茫，我用乐观扫除；若是抑郁，我用阳光扫除。"

把痛苦、困顿和焦灼，通通都扫除，为明天，扫开一条路。路的两旁，是浅冬的暗香浮动，是岁月的如水沉静。

简单安静地生活，远离世事纷争和繁华喧嚣，让心慢慢沉淀下来，只留下清寂之后的静默。

心若没有栖息的地方，到哪里都是在流浪。心若沉静，再冷的冬天，也是安暖。

凡尘俗世里，依着一米阳光的暖，煮一壶老茶，看茶叶在沸水中翻滚，红浓的茶汤，氤氲着一层薄薄的香雾。似乎，要把初冬里所有的寒凉，一一驱散。

喝一口热茶，对着窗前的落叶发一会儿呆。静坐时光深处，许浅冬一缕幽香。

想起白落梅的一段话：人只有将寂寞坐断，才可以重拾喧闹；把悲伤过尽，才可以重见欢颜；把苦涩尝遍，就自然回甘。

窗外，阳光暖暖，微风不燥。素色流年，在指尖缓缓流淌。

浅冬生寒意，微光暖人心。愿时光不老，你我安好，素心向暖，浅笑安然。

天地清寒，素心向暖

季节，在花开花谢中轮回。时光，在寒来暑往间往返。

挥别旧时光，转眼，已经进入了冬天最寒冷的时节。素色的深冬，宛如一幅简约的素描画。

远山，是若隐若现的墨色。枝丫，是简单勾勒的线条。天空，依旧辽远深邃，只是少了白云的点缀。

天寒地冻，北风呼啸而过，席卷着时光遗落的风霜。风吹落叶，跌落成诗，每一行都写满了悲壮。是诀别，亦是期许。

满地的落叶，仿佛是沉睡的枯叶蝶，披一身清凉衣，拥天地而眠。即便是寒风，也不忍惊扰它们的美梦。

走在街上，目光所及，皆是萧条：枯枝，残叶。西风，瘦影。清冷的寒意，划过脸庞。一阵悸动，却又无比清醒。

回眸，凝望来时路，有辛酸，有疲惫，亦有遗憾。每个人，内心深处，都会有一些无法言说的难处。

有些话，一直想说，却找不到倾听的人。等有人想听了，却说不出口了。不是不想说，而是已经没有说出来的必要了。

有些事，一直想去做，却苦于没有合适的机会。等有一天机会摆在面前，却不愿做了。不是不想做，而是已经没有去做的心情和理由了。

岁月深处，风起云涌，只留下一地斑驳。而自己的内心，已经波澜不惊。原来，时间早已冲淡一切，该忘记的人和事，已然忘却。

我知，不管过去的时光是斑斓，还是伤悲，终需一别。时光的脚步，不会为谁停留。光阴的色彩，也不会为谁更改。

把心窗打开，让清风吹进来，让花香飘进来，让阳光照进来。温柔的暖意，会铺设整个心房。

冬日漫漫，在清冷孤寂中寻找一份诗意。

等一场雪，缤纷洒落。片片晶莹缀衣衫，点点温凉落眉眼。

等一树梅，迎寒而来。袅袅暗香绕指柔，绰绰疏影月朦胧。

想起南北朝诗人陆凯的一首诗："折花逢驿使，寄与陇头人。江南无所有，聊赠一枝春。"

严冬腊月，凛冽清寒，却挡不住梅的清冷与柔情。古人的"二十四番花信风"，便是从梅花开始的。自梅花始，盛大的花期便接踵而至。

温柔的风，暖暖的香，迷人的春，都会如约而来。风有约，花不误，岁岁如此，永不相负。

暮色向晚，独坐窗前，等一个归人，抖落满身烟火，赠我一枝春，与我围炉饮茶，把盏话温情。

岁月悄无声息，雕琢着沧桑，镌刻着荒凉。不如，卸下所有的负累，微笑前行。在喧嚣的尘世，独守内心的一方净土。

如深冬里，那一树一树的梅开，清冷孤寂，清逸出尘。不恋凡尘浮华，不惧严寒风霜，独守自己的清欢，绽放一世风雅。

拥一怀淡然，携一抹明媚，于山水处见从容，于素色处见繁花。心中有暖，何惧冬寒。不管季节如何变换，也要让自己的内心活色生香。

采撷一路花香，装点行囊。远离沧桑，享受生活的阳光和宁静。静坐时光深处，素心向暖，等风送春来。

踏过一路荆棘，心怀美好与希望，往前走，穿越迷雾和阴霾，重遇繁花似锦的人间。

心之所向，万事可期。凛冽寒潮中，愿你有物暖身，有人暖心。愿你历经寒凉，更加坚强。

愿山河无恙，人间皆安。

陌上花开，愿所有的美好缓缓归来

已是深冬时节，万物一片寂寥。

北风吹来一些寒凉，岁月染了一层冷霜。季节更迭的罅隙里，叶落枝头轻，岁暮天地重。

所有的树，都悄悄转变了容颜。褪去一身繁华，用简约的线条，勾勒出冬的风骨。是荒凉，没有一丝牵绊。是枯寂，不留一叶浮华。

寒风中的树，站成一道静谧的风景，像是一位参禅悟道的老僧，洗尽铅华，宁静而祥和。

年轮里镌刻的悲欢离合，枝条上长出的爱恨情仇，都随着季节的风，慢慢飘散了……

寒枝瘦影，茕茕孑立，孤独而绝美。任寒风凛冽，它自岿然不动。

枝，是疏离的，横斜的。素描一般的线条，简约，直白。自然而然地舒展着，描摹着四季走来的沧桑和淡然。

瘦，亦是另一种风骨。清简了欲望，凋零了繁杂，多少前尘过往皆成空。红尘往事，已淡。经年悲喜，已静。

三毛说："如果有来生，要做一棵树，站成永恒。没有悲欢的姿势，一半在尘土里安详，一半在风里飞扬；一半洒落阴凉，一半沐浴阳光。非常沉默、非常骄傲。从不依靠、从不寻找。"

冬天里的树，无需过多的点缀，那肃穆站立的姿态，便是永恒。从不绚烂，从不张扬，肃静而又庄严。

这是生命的真实和饱满。经历了春的蓬勃生长，夏的热烈繁盛，秋的盈盈硕果。冬，萧条了，枯败了，收敛了，蕴藏了……

余秋雨在《废墟》中曾写道：“没有皱纹的祖母是可怕的。”同样，没有枯枝残梗的冬天，也是不完美的。

走过枯瑟之境，生命才有厚度，人生才算圆满。

雪，是冬的灵魂。等一场雪，大概是冬天最相思的事了。

待大雪纷飞，万物皆染上一层素色的白。天地苍茫，浩浩荡荡。心，也变得寂静而欢喜。恍若一朵清幽莲花，呼啦啦地盛开了……

雪的冷清，雪的澄澈，雪的圣洁，覆盖了所有的烦扰和喧嚣。一心无累，素心向雪。

枯树也有了御寒的外衣，银装素裹，随风摇曳。那是一幅“忽如一夜春风来，千树万树梨花开”的唯美画卷。恍惚间，从冬走进了春，花开迤逦，分外妖娆。

冬，是一枝花，一枝开在岁月枝头最清丽的花。它没有明艳的色彩，没有勾人的香气，更没有魅惑的气息。

它只是清冽冽地站在呼啸的寒风里，在清冷中蓄势待发，在凛冽中孕育希望。

正如我们的人生，总要经历一些风雨，才能守得云开见月明。熬过万丈孤独，才能迎来春暖花开。

熬，是积累，是沉淀，是岁月的历练和打磨。有蛰伏的光阴，才会有绚烂的风景。

守着岁月，静待花开。冬的尽头，一定是春。枯败的尽头，一定是新生。

流年无声，且共从容。心怀希望，向前走。走着走着，春就来了，花就开了。

陌上花会开，寒尽春会来。愿所有的美好，缓缓归来。愿时光不老，你我皆安好。

秋风起，秋意浓，愿秋色安暖，岁月无恙

“云天收夏色，木叶动秋声”。一叶落，而知天下秋。

一阵风，推走了夏，迎来了秋。一枚叶，在阳光下，蹁跹着，飞舞着。秋风一吹，叶子一转，呼啦啦地，季节一下子就换了容颜。

时光的脚步渐渐清晰，光阴的旋律渐渐舒缓，没有一个季节比秋天更加富有诗意了。花落，不是凄凉。叶黄，也不是悲伤。那是生命的轮回，自然的慈悲。

一场雨，洗刷着盛夏的余热，安抚着俗世的烦闷。秋雨绵绵，柔柔的，软软的，像极了浅浅的思念。

雨，落在屋檐，滴答滴答，声声入耳。落在草尖，晶莹剔透，宛若泪痕。落在远山，雨雾茫茫，清逸缥缈。

风卷起雨帘，从千山之外，带着秋木和野草的清香，一点点向我逼近。雨，那么近，又那么远。恍惚中，竟有一种不真实的美感。我仿佛置身其中，又独立之外。

雨后的清晨，空气中多了一丝凉意。窗前的树叶更加苍绿了，它那娇小的身躯，随着清风阵阵舞动。

“一层秋雨一阵凉，一瓣落花一脉香”。秋风起，秋雨落，秋花香，秋意渐浓。

秋虫呢喃，鸟雀声声，正在拆解秋的诗章。一字一句，是清凉。一句一行，是悲壮。一行一阙，是绝美。

浅秋清欢。喜欢秋淡淡的韵味，浅浅的忧伤，温婉的静美，还有那份成熟洒脱的况味。

秋，是素净的，残红褪去，繁叶落地，只留一身清简和淡然。一草一木，都变得安静起来。风来，不忧，雨来，亦不惧。

秋，是深邃的，金黄的稻谷，压弯了腰身。红彤彤的石榴，咧开了笑脸。真正的成熟，便是这般，不声不响，不骄不躁。散去浮华，在秋的丰盈里，收获充实。

秋，是辽远的，碧空如洗，山色如黛。秋风，似从远方，裹着一方清凉而来。落在眉弯，吹散了眉间淡淡的愁怨。心境，也变得辽阔起来。

秋风，染黄了树叶。叶子，仿佛也一下子成熟了。走过春的鹅黄翠绿，路过夏的葱茏浓郁，如今就要走进秋的金色灿灿。

一路走来，从新生到繁盛，再到现在的凋落。一荣一枯之间，是季节的变换，是岁月的沉淀，亦是生命的必然。

如同我们的人生。没有谁，会一直站在顶峰，因为物极必反。也没有谁，会一直跌在谷底，因为熬过去了就是柳暗花明。

人生浮浮沉沉，有巅峰的耀眼时刻，也有低谷的灰暗时光。得意时莫轻狂，不要看不起谁，也不要诋毁谁。失意时莫丧气，保持一颗豁达的心，坦然面对一切。

熬过最黑暗的阶段，就会迎来黎明的曙光。每一份努力，都应该被尊重。每一份坚持，都会有所收获。

秋，收敛了夏的热烈和绚烂，更多的是沉静和素简。

从秋开始，愿所有的结束，都是另一种美好的起点。愿你有诗有梦，也有坦荡荡的远方。

山河染秋色，季节恋秋心。

那些娇艳的花色，那些盛大的绿意，都在季节的转变中，悄然滑落。

清风，暗香，云影，一起走进秋的诗行。

沿着时光清浅的脉络，寻一份安宁的诗意，守候内心的宁静与安详。

白落梅说：“真正的平静，不是避开车马喧嚣，而是在心中修篱种菊。尽管如流往事，每一天都涛声依旧，只要我们消除杂念，便可寂静安然。愿每个人在纷呈世相中不会迷失荒径，可以端坐磐石上，醉倒落花前。”

在一池秋水的静谧里，感受秋的淡雅与喜悦。在点点黄绿间，重新思考生命的意义。在风起叶落的时候，不忧伤，积蓄新的力量。

人生之秋，不争荣，不骄躁。淡然处之，成熟而豁达，宁静而致远。

拥浅秋入怀，淡看人间烟火色，不必为各种情绪烦扰，远离世俗繁杂。

倚在秋天的门楣，看阳光跳跃，拨弄着时光的弦。静静听，浅浅唱，怀念一个人，回忆一段往事……

秋风起，秋意浓。愿每一片叶子的凋零，都有好的归宿。愿秋色安暖，山河无忧，岁月无恙。

浅秋，落字为安，淡暖清欢

岁月忽向晚，转眼已是秋。

季节的更迭，总是这般悄无声息。不经意间，山河万物，已偷偷换了容颜。

当第一片叶子，随风缓缓飘落的时候，秋便来了。带着一丝沉静，一抹清凉，悄悄袭上心头。犹如故人归来，让人心生欢喜。

此时，秋色尚浅。葱茏的绿，还未褪去。菊花的黄，还在酝酿。枫叶的红，还未晕染。清冷与萧瑟，还在远方的路上。

一切都是浅浅的，浅如一缕秋风。一切都是淡淡的，淡若一痕秋月。

最美的浅秋，没有春的妩媚，没有夏的热烈，也没有冬的清寒。它，只是自然而然地顺应季节的更迭，像一位从容的修行者，在岁月的跌宕起伏中，不紧不慢地向前走着。

一直向前走，遇见“二十四桥明月夜”，遇见“梧桐深院锁清秋”，遇见“草木摇落露为霜”。

每一次遇见，都是季节的抵达。

浅秋，是一个美得让人不忍辜负的季节。

一枚落叶，秋便有了凋零的姿态。一滴秋雨，秋便有了清凉的韵致。一袭落花，秋便有了缠绵的风情。

浅秋的风，还藏着几分夏末的余温。一行白云，被风拂成一首诗的模样。

秋日的暖阳，也多了一份柔情。丝丝缕缕的光线，像极了古琴上的弦，被簌簌清风，轻轻地弹着。

岸边的垂柳，似是风姿绰约的女子，摇摆着，舞动着，惊扰了谁的一帘幽梦？

池塘里的莲叶，慢慢由绿转成橙黄，橙红。黄的像是绵柔的锦缎，只一眼，便温柔了眼眸。红的像是鲜艳的花色，夺目而又灿烂。

只有睡莲，不改初衷，一直温柔地绽放着。从暮春到盛夏，又到浅秋。它不慌不忙地开着，开出清雅的风骨，开出绝尘的幽香。

莲，朝开而暮合，如同生命的轮回，独自蓬勃，独自落寞。又像朝圣者的叩拜，双手合十，内心虔诚。

天高云淡，山长水远。凉风为引，幽香为渡。蘸一滴清露，写下清幽的诗行，轻叩那段慢慢老去的光阴。

秋风，偷偷落在发间，打了结，撩起层层叠叠的思念。

浅秋陌上，我们都是时光的故人。经年的相遇与别离，早已成了风景，镌刻在眉间心上。

谁也无法预料，明天的我们，会有怎样的不期而遇。那等在季节里的容颜，如同莲花的开落，欢喜又惆怅。

这一季的浅秋里，不问世事沧桑，不说愁绪离殇。落字为安，淡暖清欢。

邀一缕清风作盏，采一抹花香入茶，再洒上二两月白，与秋水长天，共饮一抹秋色。

一个人，一本书，一盏茶，浅秋的时光，安静且从容。浅浅淡淡的时光里，有着微微的凉意，有着寂寞的清欢，有着宁静的禅意。

秋，也是一个内敛的季节。所有的奔放，都往回收了。所有繁杂，都一一删去。

如同人生的某个阶段，身上的光环少了，戾气退了，不再鲜衣怒马，也不再心高气傲。

人，也如一池秋水，变得安静下来。以退为进，删繁就简。眼神里多了一丝从容，心智里多了一份成熟。

“行至水穷处，坐看云起时”，波澜不惊，且共从容。

人生哪里有那么多意义呢？好好活着，经得了风雨，也耐得住平凡。

守着最爱的人，沐一身秋色，共度岁月风霜。

落日黄昏晓，夕阳醉晚霞

我喜欢盛夏的黄昏。

夕阳渐渐西沉，橙黄色的光芒，穿过树林，在浓绿的叶子上，斑驳地跳跃着。伸出手，华光在握，描摹出温柔的轮廓。

天空是大片大片的蓝，蓝色的画布上，游离着朵朵白云，跟着清风的脚步，随处飘荡，四海为家。

斜阳晚照，黄昏的光线变得柔和起来。它不像早晨的阳光那般明媚，也不似中午的阳光那么热烈。它有跌宕的旋律，有温婉的柔情，有迷蒙的暖意。一阵晚风吹来，带来山林深处的清凉。

远山如黛，暮色四合，倦鸟开始归巢，晚霞掩映凄凉。告别一天的繁忙，任多少硝烟滚滚，都临了风过无痕。时光里的风云变幻，也在这一刻，归了沧海桑田。

是的，我喜欢这样的黄昏，这样的夕阳。这样的美，有一种神秘的朦胧感。它是那般温柔地笼罩着大地，却又如此缥缈，不着痕迹。

晚霞，如梦幻般的光影，由橙黄变成橙红，再变成绯红，又变成淡淡的一抹黄。忽而，在低眉凝眸的瞬间，又彻底地消失了，无影无踪……

这仿佛是一种不真实的美感，我说不清它是怎样地存在过，但是却又深刻地感受到，它是如此这般惊艳我的眼眸，温润我的灵魂。

也许，美好的东西，大抵如此吧。当我们拥有的时候，不觉得有多么震撼。可是，当它一旦消失，那种怦然心动的感觉，开始弥漫整个身心。

恍惚间，竟不知，自己所沉迷的，究竟是一段老去的旧时光，还是即将开启的新梦境？

落日余晖，总是轻易勾起心底的一帘相思。想起朋友圈有位女孩儿，在日落的黄昏，写下这样的一句话："恨不能把每一个想你的黄昏蘸了糖吃掉。"

第一次看到这句话，我便被绊住了。盯着这句话，看了许久……直到有一天，我独自一人，走在荒芜的林荫小路上，与夕阳默默对视，那份肃静，那份庄严，那份落寞，那份念想，直抵内心深处最柔软的地方。我鼻子一酸，竟无语凝噎。

是谁，在夕阳西下之时，贩卖相思？那相思，苦苦的，却被蘸了糖，让人迷惑了双眼。恨不能，把蘸了糖的黄昏，一口口，全部吃掉。

吃到嘴巴里的，是甜甜的思念。流到胃里的，是浓浓的惆怅。

黄昏终将落幕，谁是谁安宁的归宿。夕阳渐渐西下，谁与谁携手走天涯。

夕阳，好似看惯了人世间的悲欢离合，尝遍了肝肠寸断的相思苦楚，经历了山河岁月的波澜起伏。当最后的一抹余晖，变得温凉，夕阳便毫不留情地碾压黄昏，滑入黑暗的夜色。

晚霞，像是偷偷喝了天台上的冰镇啤酒，拿着夕阳写给夏夜的情书，跌跌撞撞染红了半帘夜色。

时光微凉，那一场远去的往事，不会再回来。那一位游走的故人，也没有归期。累世的缘分，在盛夏的风吹雨打中，早已洗尽铅华，清绝明净。

褪去俗世的沧桑浮华，看淡人生的聚聚散散。山河依旧安然无恙，草木依然青翠如初。平凡的人间烟火，最是抚慰人心。

曾经的地老天荒，也在一盏茶的等待里，变成淡淡的流年清欢。此去经年，良辰美景，暮暮朝朝，与岁月共饮。

落日黄昏晓，夕阳醉晚霞。门掩暮色，夜枕清风。心底，升腾起一股渔舟唱晚的静谧和温馨。

往后的时光，愿你鲜衣怒马，所遇皆良人。愿有人爱你入骨，深情不枉付。

愿有人陪你立黄昏，有人问你粥可温。愿有人陪你赏烈焰繁花，有人陪你看日落烟霞。

落雨听禅，何处不是水云间？

雨，是一种清脆的音符，弹奏着岁月的跌宕起伏。雨，是一种深情的文字，描摹出时光的诗情画意。

雨，是自然的精灵，是久违的甘露，是夏季里的畅快淋漓。一帘烟雨，解开尘封的光阴，沉淀出一叠叠寂静的禅意。

窗外，雨声潺潺，像是住在小溪边。雨，滴答，滴答，声声入耳。敲打着窗户，飞溅成韵律的诗行。

夜雨，如此安静。仿佛世间万物都已酣眠，只留下清脆的雨声，如丝竹之悦耳，如低吟之琴语。

此刻，任晚风裹着细雨，清洗俗世的尘埃，静谧浮世的喧嚣。心灵，也被涤荡得愈发清凉了。

喜欢这样宁静的雨夜，什么都不想，放下一切烦扰，只是静静地，在这暗夜低垂的夜色里，听雨。

夜阑卧听风吹雨，听的便是雨的那份空灵与缠绵。寂静的夜，奏着清音，洒落一地缱绻，柔软了心扉，温润了情愫。

夜色，迷离了雨的温柔。清晨，饮醉了雨的湿润。雨，一直下，不曾停歇……

夏雨，时而如大提琴般浑厚沉重，时而如钢琴曲般自由欢快，时而如古筝般低沉悠扬。和着淙淙的流水声，仿佛置身于音乐的殿堂。心，一下子就沉醉了，随着此起彼伏的音乐声，低吟浅唱。

细雨如丝，悄无声息地飘落。落在池塘，淋湿了一朵莲的心事。落在树梢，明朗了绿色的诗意。落在花瓣，飘零了一地芳香。

空气里带着一丝清爽和凉意，山色变得朗润起来，草木变得更加清新俊逸，花儿也变得更加娇艳欲滴。

万千情丝，随着朦胧的雨雾，溅落成朵朵晶莹的水花。来不及触碰，又碎在时光的清浅里，无影无踪。

行走于雨中，忽然发现，雨无论飘落在哪里，都能滴落成诗。那隽永的诗行，是“丁香空结雨中愁”的惆怅，是“闲敲棋子落灯花”的等待，是“一川烟草，满城风絮，梅子黄时雨”的思念，也是“七八个星天外，两三点雨山前”的恬静，亦是“梧桐叶上三更雨，叶叶声声是别离”的伤感。

天地苍茫，一层层清香扑面而来，入心入肺，彻骨缱绻。真想，撑一把油纸伞，走在江南的雨巷，邂逅丁香一样的姑娘。

听雨，是一种心情。喜欢雨，是一种情调。

喜欢雨的人，喜欢的便是雨的纯净优雅。平淡琐碎的生活，因雨的晕染而多了一份生机。繁华嘈杂的世界，因雨的洗涤而多了一丝清净。贫瘠干涸的心灵，也因雨的滋润而多了一些纯粹。

夏日的雨，更多了一丝曼妙和浪漫。那种清醒与润泽，那种清雅与馨香，那种欢欣与愉悦，让人一下子忘记了盛夏的炎热，忘记了世俗的烦扰。

雨，用柔情呢喃着生命悠长的韵味。那些迷茫与困顿，那些焦灼与不安，那些失望与落寞，那些前尘与旧怨，那些爱恨与别离，那些虚名与妄利，都被雨水冲刷得一干二净。

整个世界，一片清新澄澈。目光所及，只有雨的清凉，雨的自由和雨的洒脱。内心，也变得安静而丰盈。

雨，用轻盈演绎着岁月的起伏跌宕，用清澈诠释着时光的静默温婉。一帘幽梦，半卷烟雨，足以斑斓生命。

夏日细雨，轻柔缠绵，是一种难以言表的情绪，是牵念，是别离，是忧伤。

夏日大雨，滂沱倾盆，是一种畅快淋漓的心境，是宣泄，是无畏，是果敢。

夏日禅雨，清音零落，是一种深切悠远的情怀，是闲适，是宁静，是淡泊。

采撷一抹诗意，盈握一份淡然，于雨中，放牧心灵。落雨听禅，何处不是水云间？

心似莲花不染尘，光阴如禅静无波

莲，有美人之姿，清丽脱俗。

莲，有君子品行，清雅孤绝。

莲，有佛家禅意，清明澄澈。

莲若为女子，必是有着唐诗宋词的典雅，和江南流水的婉约。香远益清，风华绝代。回眸一笑，倾国倾城。

夏日葱茏，不及一片清水出芙蓉。是花，是叶，是豆蔻年华，是最美的光阴。

莲，是夏日里的图腾

莲，从不与春花媲美，不与秋月争辉。一天天，不紧不慢地开放着，或清淡，或妖娆，或热烈……袅袅婷婷，仿佛要把整个夏天盈在怀里。

淡淡的花色，淡淡的清香。一半扎根泥土，一半飘逸风中。从不依靠，从不寻找。

莲，是孤独的，却不寂寞。它安于池塘一隅，在自己的世界里，静静绽放。在喧闹的尘世中，觅得一份清净和洒脱。

白莲如雪，干净清澈。红莲似锦，艳而不俗。细细的茎，笔直地托举着小小的莲，似乎是在酝酿一段相思的光阴，等一位归人，携一支短笛，涉水而来。

一阵清风拂过，缭乱了一池湖水的静谧。莲尽情地舒展身姿，铺开一层含香的柔软，尽情地舞蹈。轻灵的舞姿，落在水面，洒下一路笑靥。

半亩方塘，变得丰盈明媚起来。天光，云影，淹没于莲叶深处。莲，守着一池清欢，无怨无悔，不垢不净，平静而又淡然，清明而又澄澈。

与莲邂逅，便是邂逅了一颗玉壶冰心，一片云淡风轻，和一份圣洁坦荡。

莲，亦是有禅意的

雪小禅说："你心里要有一朵莲花。微微一阵，转而嫣然。那朵莲花，要经了风雨，要经了伤害。然后，依然傲然。然后，依然带着跋扈的清凉。或者说，带着那种低调却从容的温暖，和出了淤泥依然不染的素贞。"

一念清净处，心有莲花开。不枝不蔓，出淤泥而不染。那朵莲，是繁华之后的重生。于岁月深处，开出禅意的清欢。

禅，不是素食清茶，不是晨钟暮鼓，更不是虚无缥缈的。

它是繁华世俗里，灵魂深处安静的皈依。是踏遍万水千山之后的豁达，是历经人情冷暖之后的清醒。是走过路过，爱过恨过，却依然心怀善良和温暖的赤诚之心。

禅意的光阴，是寂静的，低调的，平和的，透着生命的庄重和清简。

活出俗世里的禅，放下红尘里的繁琐与牵绊。活出爱恨里的禅，放下感情世界的执念与虚妄。活出心里的禅，放下过往的纠结与遗憾。

禅，是一枝花。于时光的回眸中，听到盛夏的莲，呼啦啦地开了，遗世而独立，开出一生的繁盛与安然，平静与温和。

一步一莲花，一禅一光阴

在绿肥红瘦的季节里，一池莲花，为炎炎夏日，增添了一抹清凉的色彩。

于静寂中守住孤独，于热烈里保持凛冽。看过灯火阑珊，看过喧嚣华丽，看过热烈张扬，收起光阴的韵脚，看取莲花净。过尽千帆，依然慈悲。

以莲的姿态，清逸出尘，朝饮清露，夜汲月华。走过万丈红尘，与一人相知相惜。

生命之中，路过的人有很多。可是，真正走进内心的，只有那么寥寥几个。几个知心的人，便足以温暖生命。

一生所求，不过是如莲一般的高雅和恬淡。不管流年变换，不问世事沧桑，不愿随波逐流，也不会曲意逢迎。

守着自己的一方净土，做一个素净的人：遇一二知己，逢三五好友，怀感恩之心，做善良之事，活出自己最本真的模样。

任时光的沙漏，流走无奈，流走彷徨，流走悲伤。只留下一种超然的淡泊，看潮起潮落。

流年易逝，时光会苍老。莲，有一天也会枯萎，但我知，它的风骨一直都在。纵使风华远去，满目残枝，它依然保持着一种不折不扣的神韵，昂着铮铮傲骨，归于素淡，宁静与沉默。

那是盛开在光阴里，一朵禅意的花，永不凋零。

暮春，浅夏，满架蔷薇一院香

微雨催花落，芳草碧连天。云水飘零，送春归。

韶华易老，春易逝。最美的人间四月天，匆匆而过。五月浅夏，近在眼前，姗姗而来。

夏风清浅，时光荏苒。红了樱桃，绿了芭蕉。

浅夏轻轻入流年，又是一季蔷薇花开。

蔷薇，是春末夏初盛开的花。它安于寂寞，从不与百花争艳。它有自己的坚持，终于等来属于自己的花季。

这一开，便荼靡了一季的花事。

苏轼有诗云："荼靡不争春，寂寞开最晚。"它有自己的守候和信仰，不争不抢，随遇而安。耐得住漫长的寂寞，也守得住似锦的繁华。

蔷薇花不开的时候，枝繁叶茂，是满墙的绿荫。枝与枝相连，叶与叶交缠。

温软的风，阵阵拂过。蔷薇花渐次开放，一朵连着一朵，簇拥在枝头。锦绣未央，遗世而独立。

这一开，就开出了盛世的缠绵。

它随风摇曳，宛若风姿绰约的女子，一颦一笑，都是勾人心魄的风情。

看似张扬，看似招摇。但我知，它的内心，一直是沉静的芳华，与悠远。

暖暖的花香，如瀑布似的，流泻千里。怎能不让人心动，怎能不让人陷落？

遇见蔷薇花开，便是走进了一段花影斑驳的岁月。一见倾心，再见已倾城。

可以浅喜，可以深爱，可以静守，可以共白头。

“不摇香已乱，无风花自飞。”即使无风，也无需摇曳，香气四溢，芳香怡人。

《群芳谱》里说：“（蔷薇）开时连春接夏，清馥可人，结屏甚佳。别有野蔷薇，号野客、雪白、粉红，香更郁烈。”

蔷薇，是自由随性的花。它属于山野，属于木栅栏，属于篱笆墙，属于街道不起眼的角落。

宋代的倪龙辅说：“莫嫌村巷蔷薇野，春晚犹堪取次看。”暮春浅夏的光阴里，只有蔷薇，花开满墙，独自寂寞，独自灿烂。

秦观也有诗云：“有情芍药含春泪，无力蔷薇卧晓枝。”蔷薇是蔓性藤本，沿墙依附而生，看似娇弱柔软，实则生命力顽强。

无需人种，自开自谢。它的花期可达半年之久，每年春末夏初开花，一直到晚秋，浩浩荡荡，绵延不绝。

从春生到春深，从春尽到夏初，一直到晚秋，和岁月一起慢慢变老……

仿若一位洗尽铅华的女子，敢争光环，也不惧灼伤。既喜安静，也热烈绽放。

在漫长的岁月里，悠然恬静，深情无悔。

“心有猛虎，细嗅蔷薇。”猛虎与蔷薇，是刚烈与温柔，是爱恨与慈悲，它们和谐共生，相互依存。

只要内心有了爱意，无论怎样的人，都会变得温柔可亲。小心翼翼地靠近，全力以赴地守护。

“绿树浓荫夏日长，满架蔷薇一院香。”夏日即将到来，愿你如蔷薇一般，不辜负时光，尽情绽放。愿你不再孤独，活成自己喜欢的模样。愿你想要的，岁月都会给你。

五月浅夏，与自己温柔相处，以淡泊的姿态，优雅地成长。

半夏花开颜如玉，陌上流年清欢许

季节深处，夏已过半。

半夏的时光，一半停留在岁月的枝头，开出葳蕤的绿意，一半轻轻入了流年，许下满目的清欢。

阳光穿过层层叠叠的树叶，落下一地斑驳的光影。恍惚间，心生翠微，指尖盛开一簇清凉。

绵绵不绝的绿意，像是从山谷乘着清风，一意孤行而来。不必在意酷暑，也不必在意别人的眼光。走进花影扶疏，走进夏颜尘缘。

盛夏的光阴，如玉如画，有着太多的色彩。

我喜欢浩荡的绿色，也喜欢荼靡的花事。我喜欢采摘枝头累累的果实，也喜欢掬水月在手，荡漾一池的涟漪。

最让人静心的，便是季节留白处，那一朵朵含苞待放的茉莉。

它没有牡丹的雍容华贵，没有玫瑰的浪漫深情，也没有百合的优雅大气。但它却有一种清新脱俗的美。

小小的茉莉花苞，像散落尘世的白月光。星星点点的白，如雪落眉间，清凉了一季的暑热。又如明月皓首，纯洁了内心的躁动与荒凉。

“一卉能熏一室香，炎天犹觉玉肌凉。”等到暮色四合，花苞裂开，清雅的香气，也随着晚风流泻出来，透过纱窗，潜入屋里。

那轻轻晕染的花香，甜而悠扬，淡而持久。它的香，似有若无，缥缈出尘，总在不经意的时候，拢在鼻尖，盈满堂馨香。

夏日燥热，唯有这一份白，一抹香，坦坦荡荡。如玉一般温润，如雪一般无瑕，以清爽之姿，带来这个季节的美意。

红尘烟火，恰恰需要这样的一种白，开在尘烟深处，安静且清幽，素雅且怡人。

白，是静守一颗念念不忘的初心。

总有人喜欢繁花似锦，总有人马不停蹄地奔赴一场场热闹的盛宴。只是，有的人，走着走着就丢掉了初心，忘记了为什么出发，也忘记了来时的路。

唯有守住纤尘不染的初心，才能在风雨飘摇的尘世里，觅得一份安宁与从容。

白，亦是包容万物的慈悲，是凡尘烟火中，最美的风华。

一袭素白，盖过世间所有的尘埃。那么温柔，融化世间所有的苍凉。那么素净，像眼眸遗落星辰，像心底翻涌清泉。

洁白的花色，恍如一瓣冰心，盈满身素华。花间有月影，松下有清风。远山明净，心若菩提。

半夏花开颜如玉，陌上流年清欢许。安安静静，做这个季节的放牧人。慢品人间烟火，静赏花开花落。

夏已乘风，岁月轮回。生活，无需繁华，简单就好。人生，无需忧愁，尽力就好。心无杂念，向美而行。

于红尘中，养一颗素心，守一方静谧。认真地活着，优雅地老去。如花香萦绕，亦素亦美。如白云跌落诗行，笑看岁月风尘，自在且安然。

手执烟火以谋生，心怀诗意以谋爱

风华人间，岁月荏苒。花开了又谢，月圆了又缺。

行走于烟波浩渺的尘世，我们手执烟火以谋生，心怀诗意以谋爱。

谋生很辛苦，但有了热爱，一切就不一样了。

人生苦短，一定要有些发自内心的兴趣爱好，才能抵挡岁月的荒凉。

热爱，可以让生活变得生动有趣，也可以让生命变得美好丰盈。比如读书、喝茶，比如养花、萌宠，比如旅行、探险。

热爱，可以颐养身心，也可抵岁月漫长。再多的艰难困苦，再多的诋毁嘲讽，都可以化干戈为玉帛，在幽长的岁月里熠熠生辉。

最后的最后，热爱的事情已经和时光完全融在一起，慢慢雕琢我们的容颜。

那些走过的路，读过的书，看过的风景，爱过的人，都在潜移默化中勾勒我们的精神气质。

纵然人生也会有风雨，有苦痛。但我们依然可以在庸俗的人间烟火中，活出潇洒的坦荡，活出盎然的诗意。

在《活着》的韩文版自序中，余华这样写道：

“作为一个词语，‘活着’在我们中国的语言里充满了力量，它的力量不是来自于喊叫，也不是来自于进攻，而是忍受，去忍受生命赋予我们的责任，去忍受现实给予我们的幸福和苦难、无聊和平庸。”

好好活着，本身就是一种了不起的力量。

人生是一场漫长的修行，在旅途中，也会有各种各样的遇见。

遇见花开半夏，遇见雪落倾城，也遇见形形色色的人，于是便有了各种各样的故事。

因为遇见，人生变得更加丰富多彩。而最有价值的遇见，莫过于在某一瞬间，重遇了自己。

走遍万千繁华，看透风光迤逦，也不过是为了找到一条走回内心的路。

“在繁华中自律，在落魄中自愈，谋生的路上不抛弃良知，谋爱的路上不丢失尊严。”这也是我非常喜欢的一种状态。

只有真正找到了自己，读懂了自己，才有更多的力量去寻找爱，遇到爱，感受爱。

心中有爱，一草一木皆有灵性。

汪曾祺说：“一定要爱着点什么，恰似草木对光阴的钟情。”

爱人间草木，一花一世界，一叶一菩提。

爱天地万物，春花与秋月，夏风和冬雪。

爱岁月静好，细水长流，与光阴共白首。

张爱玲说：“哪有现世安稳，不过谋生亦谋爱。”

生活既有烟火俗常，也有诗意清欢。一半烟火以谋生，一半诗意以谋爱。

踏踏实实地努力，认真地生活，深情地眷恋。

清晨，用心去聆听窗外的鸟鸣，淙淙如流水，漫过心房。

傍晚，静静地欣赏落日余晖，看晚霞一点一点，一片一片地铺满半边天。

读一本好书，品一盏清茶，偷得浮生半日闲。阳光温柔，碧波荡漾且清澈。落英缤纷，岁月辗转成星河。

世间多少烦扰事，浮华落尽都随风。

走过斑驳的岁月，内心依旧淡定从容。不惹尘埃，不染是非，天涯海角，尽在心中。

得与失，成与败，都成了心里的一道风景线。细细品味，是一笑而过的淡然。不悲不喜，不忧亦不惧。

这路遥马急的人间，风花雪月都好看，茶香诗意都浪漫。

对于生命，保持一份热爱，心怀一份赤诚。

相信，未来可期，人间值得！

愿世间所有美好，都与你环环相扣

时光悠悠，岁月溜走。季节的风霜早已尘了往昔的安暖。不知不觉，已是岁暮寒冬。

回首这一年的时光，有遭遇挫折的忧愁，也有达成目标的喜悦。经历过世态炎凉，也看清了人情冷暖。

往事浓淡，清无影，已轻。经年悲喜，净无尘，已静。

经年往事，在岁月深处酝酿，宛若一只破茧重生的蝶。翩翩起舞的，是五彩斑斓的梦，是触手可及的彩虹，是黎明终现的深情。

相信，没有一个冬天不可逾越，也没有一个春天不会来临。内心的期许，会在新的一年，美好绽放。

新的一年，不负遇见

世间一切，都是遇见。因为遇见，我们的生命变得多姿多彩。因为遇见，我们的人生变得丰富有趣。因为遇见，才有了世间的千娇百媚，万种风情。

生命，本是一场漂泊的旅程。遇见谁都是美丽的意外。不管过去曾经错失过多少遗憾，新的一年，珍惜每一份遇见。

珍惜每一个爱我的人。珍惜爱我的父母，感谢父母给了我生命，为我操碎了心。珍惜爱我的兄弟姐妹，我们是血脉相承的至亲，彼此了解，相互扶持。珍惜爱我的另一半，你是我生命中最最重要的人，陪我走过泥泞坎坷，带我领略世界的风采。我们一起享受生活的欢愉，我们一起承受生命之重。

珍惜生命里的每一位知己朋友。触目横斜千万朵，赏心只需三两枝。生命里，有那么多人来来往往，聚聚散散，真正能够走进内心的，只有寥寥几个。不必在不喜欢你的人那里低眉顺眼，折损了自己的尊严。我们风尘仆仆地活在这人世间，总会有几朵祥云为你缭绕。

珍惜每一个突如其来的有缘人。我们并没有预约，相逢也不需要刻意安排。没有缘由，毫无征兆，就这么遇见了，如星光闪烁，如清风徐来，如皓月千里。虽然只是短暂的相遇，却仿佛一束光，温柔了岁月，惊艳了时光。

纵使时光流转，岁月变迁。有缘相遇，心上不觉寒。有情相伴，路上不孤单。

新的一年，珍惜生命里所有的遇见。愿你有一个灿烂的前程，愿你有情人终成眷属，愿你在尘世获得幸福。

新的一年，不负自己

杨绛说：

> 无论人生上到哪一层台阶，
> 阶下有人在仰望你，
> 阶上亦有人在俯视你，
> 你抬头自卑，低头自得，
> 唯有平视，才能看见真实的自己。

新的一年，接纳真实的自己，不自卑，不傲骄。踏踏实实地努力，认认真真地生活。爱我所爱，无怨无悔。

到了人生的某个阶段，慢慢明白，再也没有人可以肆无忌惮地依赖，你自己就是那个避风躲雨的屋檐。

这个世界上，哪里有那么多的感同身受呢？不是别人不懂，而是每个人都活在自己的世界里，坚强地过冬。成年人的世界，就像一片汪洋大海，苦乐参半。没有谁是谁的救赎，悲欢皆需自度。

谁都希望自己一生被爱，温暖纯良。可是，有的时候，越是难熬，越是要自己扛过去。有些黑暗，只能独自穿行。别人的鼓励呐喊，或是嘲笑鄙夷，都无济于事。自己超越了，也就成长了。

新的一年，不负自己。要美丽，要勇敢，要自信，要爱和被爱。愿自己敢争光环，也不惧灼伤。愿自己眼含热泪，又赤诚善良。愿自己背后有阳光，心中亦有芬芳。

新的一年，不负美好

世界上最美好的事情莫过于，你爱的那个人也刚好爱着你。余生漫长，一定要找一个相爱的人一起，相依相伴走下去。

所以不要急，不要催，相信你爱的人会来，爱你的人也会如约而来。

人生，总会有不期而遇的温暖，和生生不息的希望。不管前方的道路多么崎岖坎坷，只要走的方向正确，都比站在原地更接近幸福。

所有过往，皆为序章。心之所向，步履皆往。

新的一年，不负岁月，愿岁月深情以待。不负时光，愿时光温柔从容。不负梦想，愿梦想闪闪发光，充满力量。

新的一年，不负爱，愿你有人宠，有人懂。愿有人陪你度冬寒，有人陪你迎春暖。

新的一年，愿你活成自己喜欢的样子，愿世间所有美好，都与你环环相扣。

往后余生，只生欢喜不生愁

岁月极美，

在于它必然的流逝。

春花，秋月，夏日，冬雪。

——三毛

春有百花秋有月，夏有凉风冬有雪，若无闲事挂心头，便是人间好时节。春夏秋冬，各有各的美。

不要为错过春花秋月而遗憾，也不要为错过夏风冬雪而苦恼。人生，就是一次次的别离，又一次次的重逢。该错过的，终将错过，该重逢的，必将重逢。

人生的四季，不可能永远如春光般明媚。得失也好，知足也罢，所有的一切，都是岁月的馈赠。学会包容和接纳，才能与时光从容相处。

最是人间留不住，朱颜辞镜花辞树。从鲜衣怒马的热烈，走到银碗盛雪的素简。我们总要在岁月的历练里学会删繁就简，不为世俗烦扰，不被红尘痴缠，慢慢地走向成熟，归于平淡。

冬日的午后，静坐一隅。细碎的阳光，透过窗棂，斑驳地洒落在茶台上。光和影，在茶香氤氲中，交舞着，跳跃着…… 一杯茶，一本书，一片暖阳，便是最惬意的时光。

放慢脚步，让日子慢一些，再慢一些，让阳光暖一点，再暖一点。慢慢明白，静水深流才是人生最好的状态：不急不躁，不卑不亢。让内心变得如水温润，让灵魂变得如水丰盈。

心境慢慢变得平和，不会因为别人的几句赞美而欢呼雀跃，淡淡一笑，只当是鼓励。也不会因为别人的批评而伤心难过，重新审视自己，有则改之，无则加勉。不再抱怨别人，也不会用别人的错误惩罚自己。

学会释然，学会放下。不属于自己的，就放手扔掉。得不到的，就慢慢释怀。有些东西，抓得越紧，流失得越快，不如顺其自然，得失随缘。一念放下，万般自在。

远离那些负能量的人和事。和阳光的人在一起，自己也会内心敞亮。和善良的人在一起，自己也会温暖和善。和豁达的人在一起，自己也会变得大气坦然。和自信的人在一起，自己也会变得充满力量。善待自己，择善而交。

人生难得一知己，赏心只需两三枝。我们这一生，会与无数人擦肩而过，最终都消失在茫茫人海。真正交心的朋友，又能有几个？或许就像亦舒在《流金岁月》里写的："我成功，她不嫉妒，我萎靡，她不轻视，人生得一知己足矣。"

走到年底岁末，我也不再感叹岁月无情。毕竟，岁月未曾饶过我，我亦未曾饶过岁月。不埋怨谁，不嘲笑谁，也不羡慕谁。在阳光下灿烂，在风雨中奔跑，做自己的梦，走自己的路。脚下有力量，心中亦有远方。

人总要在经历中成长，在成长中懂得。总有人以欣赏的眼光鼓励你，也总有人用鄙夷的眼神讨厌你。做自己的小太阳，无需凭借谁的光。不乱于心，不困于情，如此，安好。

守住自己的初心，别被世俗的洪流裹挟，安安静静地做自己。哪怕世事沧桑，依然保留一份执着与纯朴。在岁月的暮色里，温良且慈悲。

寂静的光阴，在风中慢慢飘散。过去的，就让它过去，无需痴痴纠缠。未来的，还未到来，无需踌躇不前。

盈一怀感恩，握一份懂得，携一颗云水禅心。珍惜每一个当下，过好每一个今天。岁月深处，依然是生命的从容与美妙。

林清玄曾说：“以清净心看世界，以欢喜心过生活，以平常心生情味，以柔软心除挂碍。”认真地生活，优雅地老去。如青草般自由地吐纳呼吸，如花朵般安静地温柔绽放。

此去经年，愿你善良而带光芒，愿你温和而有力量，愿你一生温暖纯良，不舍爱与自由。

往后余生，只生欢喜不生愁。

感恩，是人生最好的修行

这个世界上最珍贵的，便是一颗懂得感恩的心。感恩的心，如玉石一般晶莹，如阳光一般温暖，如金子一般闪闪发光。

常怀一颗感恩之心，感恩生命里，每一次美好的遇见。感恩岁月里，每一份温暖的记忆。

感恩，是人生最好的修行。懂得感恩的人，内心是温润的，丰盈的。在生命的底色里，增一笔浓浓的感恩情愫，让生活少一份苍白的麻木，多一束金色的光芒。

感恩阳光雨露的滋养，感恩清风朗月的照拂，感恩天地万物生生不息的造化。感恩大自然，让我们可以自由呼吸，淡看沧海桑田四季流年的变换。

感恩那些走过的岁月。时光苍老了容颜，岁月却让我们变得更加成熟。醉过方知酒浓，爱过才知情重，经历过才懂得生活的不易。出走半生，历经沧桑，我们变得更加柔韧和豁达。

感恩生命里遇到的每一个人

刘东升在《一切都是最好的安排》里说："在我奔波而劳碌的一生中，上帝给我最大的馈赠，便是教我感恩：感恩父母，感恩生活，感恩生命中出现的所有过客。”

感恩父母。这个世界上，无论你成功失败，胖瘦美丑，永远有一种人在无条件地爱你。这种人就是我们的父母。他们用深情浓厚的爱，为我们遮风挡雨，为我们撑起一片爱的家园。

感恩相依相伴的爱人。这世间，最深情的爱是陪伴。我最亲爱的人，谢谢你无怨无悔的付出。谢谢你包容我偶尔的小脾气，谢谢你尊重我的事业和爱好。谢谢你爱我，让我觉得，此生无悔，人间值得！

感恩生命里的每一个朋友。人生是一场漫长的孤旅，因为有你们，生命才有了欢愉。我们分享彼此不为人知的秘密，我们为对方鼓励加油。我们曾一起抱头痛哭，也曾一起开怀大笑。哭过笑过，让我们红尘作伴，活得潇潇洒洒。

感恩生命中的每一位贵人。在我迷茫困顿的时候，谢谢你为我指点迷津。在我失意落魄的时候，谢谢你依然相信我，鼓励我，支持我。谢谢你，你就是我生命中的贵人，因为有你，我才可以看得更高，走得更远。

感恩遇到的每一个陌生人。也许是公交车上主动为我让座的那个人，也许是大雨磅礴时为我举伞的那个人，也许是深夜崩溃大哭时拍拍肩膀安慰我鼓励我的那个人。感谢你，那个擦肩而过的陌生人，谢谢你曾温暖我的生命。

感恩那些曾经伤害过我们的人。抛弃我们的人，让我们学会了潇洒转身，好好爱自己。打击我们的人，让我们更加清醒。欺骗我们的人，让我们增长了智慧。那些伤害我们的人，一点点地锤炼我们的心境，让我们变得越来越强大！

感恩从未放弃，默默坚持的自己。每一条路，都有不得不这样走的理由。谢谢自己，无论遇到多少艰难困阻，依然保持初心，砥砺前行。进一寸有一寸的欢喜，但行好事，莫问前程。默默努力，成为自己喜欢的样子。

心怀感恩，遇见美好

释迦牟尼曾说：

> 无论你遇见谁，
> 他都是你生命中该出现的人，
> 绝非偶然，他一定会教会你一些什么。

所以，我也相信，无论我走到哪里，那都是我该去的地方，经历我该经历的事儿，遇见我该遇见的人。

生命本是一场漂泊的旅途，遇到谁都是一个美丽的意外。感谢生命中遇到的每一个人。

生活是一颗种子。种下阳光，便会收获明媚。种下善意，便会收获温暖。种下感恩，便会收获美好。

风会记住一朵花的香，光阴也会记住我们留下的那些足迹。学会感恩，铭记每一次感动。

因为感恩，即使身处寒风凛冽的冬日，依然能感受到春风拂面的温暖。

心怀感恩，愿你的生命拥有更多的阳光。

心怀感恩，愿你的人生更加辉煌。

心怀感恩，愿你遇见一切美好。

怀温柔半两，许从容一生

喜欢这样一句话：“温柔，就是吞了一万朵云，把月光温了下酒。”

温柔，是云朵的柔软，是月光的温凉，也是美酒的香醇。

生活，一半是温柔如花，一半是明媚无瑕。

人生，一半是积极进取，一半是从容放下。

一笺烟雨，半帘幽梦，于时光深处，静守花开，淡看花谢。不慌张，不冗长，怀一份静谧，温柔且从容。

心怀温柔，世事皆可明媚。

越来越喜欢温柔的事物。如夕阳的余晖，柔柔的，淡淡的，也暖暖的。它不似中午的阳光那么强烈，只是温柔地抚摸着山川草木。

橙黄色的光芒，仿佛给世间万物都披上了一层薄纱。免去惊扰，免去惶恐，免去颠沛流离。

季节的转角处，淡看尘嚣，浅度流年。

繁华过处，总有一些风景会落幕。时光散场，总有人会离散。

总有一些人，只是过客。总有一些事，只是回忆。总有一些情，困于执念。

一路走来，花谢了又开，月圆了又缺。人生本无常，心安才有归处。

成长，让人变得越来越温柔。慢慢开始理解这个世界，也开始接纳所有的不完美。忠于自己的本心，按照自己的节奏，慢慢向前走。

学会取舍，放下不该执着的，选择需要坚守的。内心温厚，善良，且明媚。

有人说："如果你越来越冷漠，你以为你成长了，但其实没有。长大应该是变温柔，对全世界都温柔。而成熟，是对很多事物都能放下，都能慈悲，愿以善眼望世界"。

愿你心怀温柔，也被时光温柔以待。

从容，是一种淡定的人生态度。

因为明白人生无常，所以更加珍惜现在，活在当下。

人生路上，不急躁，不慌乱，修炼一份月白风清的淡然，和一份人淡如菊的从容。

若是累了，就歇一歇，随清风起舞。若是倦了，就缓一缓，与花草凝眸，对自己微笑。

当我们停下来，认真观察生活的时候，生活才会有无尽的美意。那些冗杂与琐碎，也在岁月的沉淀里，融成轻柔的河，缓慢悠然地流淌。

从容，也是内心的一种慈悲。

没有谁的人生，可以一帆风顺。但总有一种态度，可以从容一生。

化悲伤为力量，化关怀为力量。对这个世界宽容，也对自己宽容。哪怕被厄运蹂躏，也要活得潇洒坦荡。

不慌不忙地坚强，优雅且从容。

不管生活有多少急流暗礁，也要有随时抽身的能力。于内心，修篱种菊，怡养生命的高贵。

作家林清玄说："人活着，应该有几分温柔，遇事不慌，慢条斯理地安排好自己的生活，一生一世，不求过得多好，但求自己问心无愧。温柔半两，从容一生。"

温柔，是一种柔软的心态。对自己温柔，也对这个世界慈悲以待。

从容，是一种豁达的人生态度。遇事不慌不乱，坦然淡定，从从容容过一生。

我能想到人生最美好的样子，就是心怀赤诚，既有深入骨子里的温柔，也有面对疾风冷雨的铠甲。既有全力以赴追逐的梦想，也有淡定从容的心态。

有句话说："人生的真正意义，在于淡定从容地过这一生。"

你若用心，烟火的日子也可盛满诗意。你若热爱，漫长的岁月也可静水流深。

时光知味，岁月沉香。怀温柔半两，许从容一生。

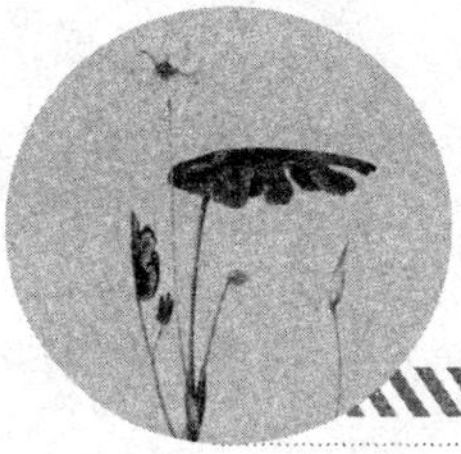

第二辑　四时皆美景，万物皆有情

辞旧迎新，与所有的美好深情相拥

岁月悠悠，穿尘而过。白驹过隙，忽然而已。

时光如雪，倾覆万物。陌上风尘，轻轻掸落。

旧年的音讯，随着岁月季节的风霜，杳然而远。琉璃的往事，恍若飞鸿踏雪泥，点点斑驳，淡淡留痕。

岁末，是终点，也是起点。是别离，亦是重逢。辞旧迎新，邂逅所有的美好。

愿有岁月可回首，且以温暖度此生

时光，悄然而走。繁华处，一片寂然。

一个回眸，季节的风雪簌簌落下，掩埋了来时的路。一个转身，新的光景踏着幽幽暗香，款款而来。

有的事变得模糊没有痕迹，有的人依稀能够记起。有的情，想要忘记，却斑斓地如同寒冬里的一盏灯火，温暖而又明媚，早已深入骨髓。

往事如风，吹不散眉弯。时光荏苒，苍老了容颜。

伫立于岁末的门槛，回首凝望。过往的哭泣与忧伤，了然无痕。曾经的欢欣与呐喊，波澜不惊。风过处，将婉约的心事，慢慢沉淀，留下一抹浅浅淡淡的爱意。

走过生命的四季，春有花开枝头的盎然，夏有绿意葳蕤的浩荡，秋有落叶成泥的惆怅，冬有雪落倾城的浪漫。

花开花落，缘聚缘散。过去的一年，有温暖的相遇，也有遗憾的别离。有懵懂的幼稚，也有逐渐成熟的觉醒。有迷茫的纠结，也有放下的坦然。

途经岁月，百转千回，片片深情，遗落掌心。把曾经的美好，妥帖珍藏。

辞别旧岁，迎接新的一年。愿有岁月可回首，且以温暖度此生。

许一生安暖，伴岁月情长

新年伊始，万象更新。内心深处，也升腾起更多的期许。如冬日暖阳，温柔可亲。

往事清零，爱恨随意，新的一年，不负时光，不负自己。

坚持阅读和思考。三毛曾说："读书多了，容颜自然改变，许多时候，自己可能以为许多看过的书籍都成过眼烟云，不复记忆，其实它们仍是潜在的。在气质里，在谈吐上，在胸襟的无涯，当然也可能显露在生活和文字里。"

腹有诗书气自华。读书，是门槛最低的精神投资。多读书，多思考，气质也会变得优雅从容。

关心自己的身体和健康。曾经因为工作，因为学习，因为照顾孩子而忽略了自己。饮食不规律，熬夜亦是常态。直到有一天生病了，才知道健康的可贵。

健康，永远都是最重要的。要自律，要温柔，要善待自己。活成自己的太阳，温暖自己，也温暖别人。

常怀感恩，多一些温暖的陪伴。多陪陪父母，多给他们一点耐心和包容。树欲静而风不止，子欲养而亲不待，趁一切都还不晚，给父母多一些关心和陪伴。

珍惜生命里所有的遇见，感谢生命里那些不离不弃的朋友。曾翻山越岭，寻找幸福。兜兜转转才发现，幸福不在他处，而在心间。

最美的岁月我们曾一起走过，最爱的人就在眼前，最好的幸福就在身边。与其寻寻觅觅，不如活在当下，珍惜眼前。

学会保持微笑。爱笑的人，运气都不会太差。如果生活太难，就想想那些快乐的瞬间。如果快乐太难，那就祝你，平平安安。

山水千程，霁月风光。愿你内心舒畅，笑容坦荡。

你若不伤，岁月无恙；你若微笑，无惧风霜。许一生安暖，伴岁月情长。

与所有的美好，深情相拥

走过岁月蹉跎，在新的一年，重新出发。

挥挥手，与昨日告别。过去的人和事，没必要纠结，学会清空，学会断舍离。那些错过的遗憾，定会成为来年惊喜的铺垫。勇敢向前，静待花开。

微微笑，拥新日入怀。与其挣扎抱怨，不如改变自己。人生无完美，曲折亦风景。我知，前路浩浩荡荡，万物皆可期待。且将新火试新茶，诗酒趁年华。

感谢过往，好的坏的都接受。期待未来，与最好的自己温柔相逢。

想做的事情，现在就去做。有空去旅行，欣赏万千美景。静心去读书，用知识充实灵魂。

不要吝啬自己的付出，所有的努力，都是一种积累和沉淀。一点一滴，默默铺路，慢慢成为越来越优秀的自己。

生活，不会亏待每一个努力向上的人。无论多么遥远的路途，走着走着就近了；无论多么陡峭的高山，爬着爬着就登顶了。

相信一切都是最好的安排，不退缩，不畏惧，整理好行囊，收拾好心情，向明天出发。不辜负时间的馈赠，活成自己期待的模样。

来日经年，心中常乐。遍历山河，人间值得，你亦值得。

新的一年，多喜乐，常安宁。愿你与所有的美好，深情相拥。

愿日子如熹光，温柔又安详。愿你心里有温暖，眼里有星光。

愿你余生顺遂，所求皆所愿，所行化坦途。万事胜意，未来可期。

大寒：愿你心有安暖，不惧冬寒

时光匆匆，岁月流转。转眼，又是一年大寒。

大寒，是二十四节气中的最后一个节气。大寒，代表着寒冷的结束，也是新生的开始。

民谚有云："大寒到顶点，日后天渐暖。"寒冷到了极点，便是回暖。耐得住冬日里最后的一丝冷寂，才能遇见华枝春满。

"一月小寒接大寒，二月立春雨水连。"给冬天留一个深情的拥抱，给春天迎一抹诗意的明媚。

大寒：深冬的最后一次回眸

天地万物，循环往复。年轮的痕迹，装点了岁月，丰盈了四季。

大寒已到，春日将近。"旧雪未及消，新雪又拥户。"待新雪消融，春天就来了。

宋代诗人杜耒在《寒夜》里写道："寻常一样窗前月，才有梅花便不同。"

寒风寂寂，银装素裹。披一身月色，围炉而坐。约上三五好友，赏梅畅谈，举杯话温情，远离尘嚣烦扰。

瑟瑟寒风中，梅开枝头传春意，坚冰深处春水生。物极必反，寒极而暖。大寒已至，春天也在来的路上。所有的美好，都已经悄悄启程。

春天的花是冬天的梦，柳枝抽条，草色入帘青。花儿吐蕊，候鸟盼春归。

冬去春来，花谢花开。熬过最冷的寒冬，才能遇见最美的春天。

不管这个冬天有多少冰冷，多少遗憾，多少惆怅，都会被温暖的春风融化。

待春暖花开之时，愿有人与你共享春色。愿你带着祝福和感恩，一路向阳向暖。

大寒：总有一些温暖，与你不期而遇

民间俗语说："过了大寒，又是一年。"

大寒之后，便是新年。辞旧迎新，一半是旧年旧光景，一半是新年新时光。

临近新年，人们开始忙着除旧迎新，置办年货。寂寥的冬，也有了几分繁华和温暖。

今年的大寒和腊八是同一天。清寒的冬日，一碗热气腾腾的腊八粥，足以抚慰人心。

年底岁末，总有一个地方，总有一些人，等着你。寒夜中，万家灯火，总会有一盏，为你而留。

岁晚灯火，处处归心。每个人内心深处，都有一个归家的梦。家人闲坐，灯火可亲。人间烟火，可抵世间薄凉。

年少时，一次次挥别故土。如今，戎马半生，梦想依旧遥远，故乡也渐行渐远。

人生如逆旅，我亦是行人。有的人，在追逐远方。有的人，在奔赴归途。有的人，在尘世流浪……

一路告别，一路前行，一路成长。兜兜转转，跋涉千里，终是为了一场遇见。

生命中，总会有一些不期而遇的温暖，和生生不息的希望。如冬日暖阳，如山间清爽的风，如春天里一树一树的花开。

春花秋月，夏风冬雪。感谢每一个你，陪我度过四季风华。

大寒：心有安暖，不惧冬寒

人生起伏，就像四季的循环运转。

总要经历那段天寒地冻的难挨时刻，才能迎来大地回春。耐得住寂寞，才守得住繁华。

人生的四季，也必然经历花开花谢。绽放是一种姿态，凋零是一种回归。

岁月不仅把沧桑刻在了人的脸上，更是刻在了人的心里。生命也在四季的轮回中，变得厚重而又沉稳。

生活中少了一些不切实际的幻想，多了一些清醒和踏实。做人少了一些横冲直撞的棱角，多了一些圆融和豁达。

越来越喜欢安静，这种安静是经历磨难之后的成熟，是阅尽沧桑之后的坦然，亦是走过坎坷之后的通透和淡定。

安安静静做自己，不急不躁，不慌不忙。不羡慕别人，也不贬低自己。相信走过最深的寒冷，就能重遇最温暖的春风。

那些打不败我们的，终将会让我们更加强大。经历过寒冷，便更加珍惜温暖。过去的伤痛，终会被时间治愈。

有裂痕的地方，定会有阳光照进来。心有阳光，微笑向暖。

大寒来了，愿你天寒人不寒，愿你心有清欢，岁月安暖。

唯愿现世安稳，岁月静好。愿你心中有暖，不惧冬寒。

愿寒尽春来，所有的美好陌上重逢。愿你不负韶华，被岁月温柔以待。

大雪：落雪听禅，瑞雪丰年

大雪，是二十四节气中的第二十一个节气。每年公历 12 月 6 日至 8 日，太阳到达黄经 255°，此为大雪。

《月令七十二候集解》里说：“至此而雪盛也。”天寒地冻，大雪来临。

大雪有三候：“一候鹖鴠不鸣；二候虎始交；三候荔挺出。”

雪凝霜降，河水冰封，新冰百丈，宛若明镜。大雪已至，冬天最冷的季节就要到了。

大雪：煮雪烹茶饮风雅

大雪纷飞，一片素白。一场大雪，勾勒素色薄纱，描绘万物斑驳。此情此景，唐代诗人喻凫写下这样风雅的诗句：“煮雪问茶味，当风看雁行。”

雪，凝聚了天地之灵气，洁白无瑕，至真至纯，是泡茶的上品之水。以雪水烹茶，茶味更清冽。

明人高濂在《扫雪烹茶玩画》一文里这样说：“茶以雪烹，味更清冽，所为半天河水是也。不受尘垢，幽人啜此，足以破寒。”

晚来天欲雪，能饮一杯无？天色将晚，邀约三五知己，煮雪烹茶，围炉夜话。万籁俱寂中，静听汩汩水沸，轻嗅氤氲茶香。

茶如人生，人生如茶。喝茶，不过拿起和放下，恍如我们浮浮沉沉的人生，要拿得起，更要放得下。

放下一年的劳碌，放下繁华的过往，放下苦苦纠缠的感情，不去想俗世悲欢。在茶香袅娜间，宁静安暖。

听雪声，品茶香。煮雪烹茶饮风雅，素雅清欢品佳话。

大雪：落雪听禅，瑞雪丰年

生命中第一次感到雪的空寂与震撼，来自于唐朝诗人柳宗元的《江雪》："千山鸟飞绝，万径人踪灭。孤舟蓑笠翁，独钓寒江雪。"

雪满山川，素白沉静。天地之间，有一种浩浩荡荡的苍茫，席卷而来。那是雪的圣洁，雪的洒脱，雪的飘逸，遗落人间。

雪的每一次洒落，都饱含着对天空的眷恋。雪的每一次舞动，都充满着对光阴的深情告白。雪的每一次消融，都演绎着生命的轮回。

听雪落的刹那，内心欢喜而寂寞，仿佛一朵清幽莲花，安静地盛开。世间的一切嘈杂，都被白雪覆盖。红尘的所有烦扰，都在雪里一一消融。

在一场盛大的落雪里，叩问不屈的灵魂。我们的人生，经历过是是非非，真真假假，走过四季轮回，路过山川荒漠。我们的心灵沾染了那么多俗世的尘埃，何处是救赎？

把一切都交给天地，落雪的瞬间，让禅意浸染，让情归真，让心归善，让生命归于恬静和本真。

美好的希望在雪中孕育萌发，温柔的慈悲在雪中滋长。所有的一切，都将在雪后重塑。

雪，是四季的终结，亦是新的开始。落雪听禅，瑞雪丰年。

大雪：万物冬藏静待春

大雪时节，北方很多地方已经下起了大雪。天地万物蒙上一层白。

白居易在《夜雪》里曾有诗云："夜深知雪重，时闻折竹声。"夜色已深，万物酣眠。只有不知疲倦的雪花，落了一层又一层，甚至压断了窗外的竹子。

大雪之后，白昼会越来越短，夜晚会越来越长。寒冷的冬天，似乎一切劳累都显得不合时宜。万物冬藏，休养生息，只等来年的厚积薄发。

冬天来了，春天还会远吗？不如，泡上一盏茶，围炉听雪，细数流年之间，细碎的阳光，在清雅的茶香中，静静地等待下一场四季的轮回。

大雪已至，你那里是否大雪纷飞呢？

大雪，愿你有煮雪烹茶的雅致，愿你有落雪听禅的禅心，愿你有与雪凝眸静待春的温柔。

小雪：执笔问安，落雪为念

小雪，是二十四节气中的第二十个节气。每年的公历 11 月 22 日或 23 日，当太阳到达黄经 240° 的时候，即为小雪。

古籍《群芳谱》中说："小雪气寒而将雪矣，地寒未甚而雪未大也。"小雪的到来，往往预示着严冬的深入。

天气越来越冷了，朵朵飘落的曼妙雪花，也为寂寥的寒冬，增添了一抹诗意的浪漫。

你那里，下雪了吗？

冬，在我的眼里，是一幅简单的写意。寥寥几笔，勾勒出山寒水瘦的水墨画。

冬，亦像是一首诗。删繁就简，安静纯粹。素白留韵，耐人寻味。

身在北方，冬的气息越来越浓了。小雪已至，你那里下雪了吗？

我时常想，北方的冬天若少了雪，便是不完美的。总要有些美好，在雪中飘扬。总要有些过往，在雪中沉淀。总要有些想念，在雪中晶莹透亮。

当初冬的第一场雪，从天而降，拂过眉间，落在发梢……那种洁白的清凉，瞬间安抚了所有的浮躁，柔软了所有的寒冷。

慵懒的冬日里，牵一缕凛冽的西风，截一段记忆的松枝，生一炉缘分的火，把浅浅淡淡的岁月，揉进一场素净的飘雪里。

围炉煮茶，将霜融成字，把雪落成诗。

等一场雪，辞旧迎新。

人生，是一场漫长的孤旅。一路走过春的娇艳，夏的热烈，秋的丰盈，冬的内敛。我们一路行走，一路追寻，一路等待。

冬，是清寒的，却有一种极简沉静的美。呼啸的北风，清简了欲望，凋零了繁杂。花不再绵绵而开，雪会洋洋洒洒而来。

雪，是冬的精灵。生命的四季，只有迎来了雪，才能不惧严寒，无畏风霜。

一片雪落在掌心，心也变得纯净。一朵雪开在心间，世界也变得圣洁。皑皑白雪，洒落人间，孕育着春的希望。

当一场盛大的雪，倾覆了所有的尘嚣。天地万物，一片素净。目光所及，只有雪的冰清，雪的纯洁，雪的沉寂……

总有一些人会离去，总有一些风景会看透，总有一些过往会变得风轻云淡。我们要学会释怀，学会抬头，学会向前看。

小雪已至，等一场雪，覆盖所有的荒芜。等一个人，一起走到白首。等一段岁月，告别过去，迎接新的开始。

雪，是凉薄，亦是深情。

雪小禅说：这世间的美意原有定数，这听雪的刹那，心里定会开出一朵清幽莲花，也寂寞，也淡薄，也黯然，但多数时候，它惊喜了一颗心。

雪，是心灵的对白，是灵魂的写意。飘雪的日子里，站在漫天飞雪中，闭上眼睛，静听天籁。

一袭素白，置身于天地之间，与雪融为一体。此时，只一心，一人，和一片苍茫纯洁的世界。

雪，是凉薄的，亦是深情的。最唯美的深情，恍如梅与雪的遇见。

我这一生，只为等你。你不来，我不开。你若来，梅雪辉映，暗香如故。

执笔问安，落雪为念。

下雪的时候，你会想念一个人吗？若是想念一个人，就掬一捧雪花，轻轻地贴在脸颊。让所有的念想，随着纯纯的雪，一一消融，化为滚烫的泪滴。

入冬微寒，有雪期盼。执笔问安，落雪为念。

念一场雪，洁白无瑕，荡涤心灵的尘埃。念一个人，青丝染霜，想起便是安暖。念一段岁月，繁华落尽，拥抱生命的恬静和本真。

在匆匆的流年里，握一份懂得，盈一怀感恩，慢慢地感受，学会珍惜，学会知足。在风中坚强，在雪中温柔。

岁月不老，温情不改。相信这个冬天，你等的雪会来，你念的人会来，你想要的美好，都会如约而来。

立冬：素简清欢，微笑向暖

岁岁立冬，今又立冬。

每年11月7日或8日，是二十四节气的第十九个节气。此时太阳位于黄经225°，为立冬节气。

立冬，是二十四节气之一，也是冬季的第一个节气。立冬一到，就意味着寒冷的冬季悄悄来临了。

立冬：温一壶美酒，醉看万物酣眠

说起立冬，总是不由得想起诗人李白的一首《立冬》诗：

> 冻笔新诗懒写，寒炉美酒时温。
> 醉看墨花月白，恍疑雪满前村。

立冬之日，天气寒冷，连墨笔都冻结了，诗人正好偷懒不写新诗。火炉上的酒时常是温热的，偶尔饮一杯浊酒，美酒微醺，醉眼蒙眬。砚石上的墨渍花纹在温凉的月色下，如银似雪，恍惚间以为是大雪落满山村。

这个冬季，不去想忧伤的过往，不去想未来的惆怅。温一壶美酒，醉看万物酣眠。让初冬的时光，在这不暖也不寒的季节里缓缓流淌……

携一颗诗逸之心，将流年里的暖，谱成一首首初冬的诗行，随风摇曳。

立冬：告别过去，遇见更好的自己

最是人间留不住，朱颜辞镜花辞树。时光渐渐地远了，往事渐渐地淡了，故人渐渐地散了。

浮光掠影，岁月流转。无论你是否情愿，过去已然成为回不去的曾经。

人活着，总归是要往前看、向前走的。既往不恋，未来不忧，告别过去，才能遇见更好的自己。

生命最好的状态，其实就是把握当下。从现在开始，每一分钟，都是新的起点；每一瞬间，都是新的开始。

过好每一个当下，不惊不扰，不慌不乱，来日可追，未来可期。

走进初冬，怀一抹淡然的心境，以风的执念求索，以云的姿态恬淡。盈一抹微笑，期待一场大雪纷飞……

立冬：素简清欢，微笑向暖

时光不等人，岁月不饶人。不管过去，有多少遗憾，下一秒我们都要面带微笑，重新起航。

秋已离去，冬已来临。离去并不意味着结束，而是一种开始，所有的沉默都是在孕育新的希望。

相信这世间，没有过不去的坎，没有放不下的情，没有走不出的沉沦，没有无法治愈的伤痛。熬过去了，自己也就成长了。

不管是身处顺境还是逆境，不管这个冬天是温暖还是寒冷，也不管你的身边有没有陪伴，都学会微笑吧。

学会微笑，微笑了才知道，原来黑暗里也有光亮，原来乌云里也有太阳。心若向阳，何惧岁月荒凉?

拥一怀素简的清欢，在寒冷中找温暖，在坚持中找希望。

别为过去的错误，自责埋怨。别为过去的遗憾，耿耿于怀。别为不值得的感情，痴痴纠缠。

时光不会因为四季的美丽而停留，岁月不会因为谁的悲伤而倒退。过去的，别再遗憾。现在的，好好珍惜。未来的，充满希望。

不管成功或者失败，不管得意还是失意，不管悔恨和悲伤，给生命一个真诚的微笑，点亮岁月洪荒里所有的暖。

冬已来，春也就不远了。让过去的结束，让该来的开始。

愿你三冬暖，愿你春不寒。

愿你惦念的人能和你道晚安。

愿你成为自己的太阳。

素简清欢，微笑向暖！

霜降：秋已深，冬将至，岁岁年年，愿你安暖

年年秋色最深处，岁岁霜降日日寒。

蒹葭苍苍，白露为霜。一枚落叶，一缕秋风，一场秋雨，季节辗转，便走到了岁暮寒秋。

转眼，又是一年霜降。《月令七十二候集解》中说："九月中，气肃而凝，露结为霜矣。"

霜降，是二十四节气中第十八个节气，也是秋季的最后一个节气。

"霜降水返壑，风落木归山。"让我们在最深的秋色里，一起感受生命之静美。

时光寂寥，摇落岁时秋。

苍翠的时光，宛如泛黄的叶子，渐次凋零。只留下一树虬枝，镌刻着苍凉。

人生又何尝不是如此呢？走过懵懂无知的岁月，一路跌跌撞撞，经过风，历过雨，不断失去，不断成长。褪去一身稚嫩，方能成熟而从容。

霜降已至，秋色渐深。万物越发清瘦了，花草树木，不再夺目炫耀，而是收敛锋芒，该凋落的凋落，该敛藏的敛藏，静静地等待，来年春天的复苏萌发。

内心，也变得安静起来。一个人，在素净的光阴里，不紧不慢地生活。

窗外，阳光洒在泛黄的银杏叶上，金光点点，斑驳着时光的印痕。

瑟瑟秋风中，遗世而独立。

指尖，捻一缕阳光，暖暖的。泡上一盏茶，把滚烫的思念，一并注入茶汤中。茶汤慢慢变成透亮的红色，那幽幽的茶香，伴着勾人魂魄的魅，在阳光下，摇曳生姿，顾盼生辉。

想起一些旧时光，在记忆深处，生了青苔，结了冷霜。可是，每次只要轻轻触碰，一切又焕然如新，仿佛如昨。

就这样，安静地感受着冷暖，等回忆尘埃落定，看沧海归于桑田。

这份深秋里的安静，是灵魂深处的丰盈。春去秋来，季节更迭，将一盏茶喝到无味，将一段光阴读到清简。默然欢喜，寂静清欢。

时光落笔处，深秋向晚。

陆游曾有诗云："枯草霜花白，寒窗月新影。"青草枯黄，霜花挂窗，一切都是深秋清冷的模样。

霜降到了，天气冷了，秋水瘦了。而我，总是在萧索的深秋，想起那一池的枯荷。

枯，必是经历了生命的鲜活与饱满。走过春的萌芽，夏的繁荣，在秋天，成熟了，枯萎了，落败了。看似萧条，实则是一种内敛，一种铺垫，一种蕴藏。

"留得枯荷听雨声"，多少人因为李义山的这句诗，爱上了枯荷。枯荷，没有"映日荷花别样红"的娇艳，只有"寒水映残荷，冷风摇残枝"的清瘦孤寂。

半亩方塘，残叶枯梗，疏影横斜，幽然静谧。枯荷，不与枫叶争艳，不与菊花斗香。所有的色彩，纷纷谢幕，只留下生命最原始最本真的颜色。

不再炫耀，不再招摇，将枯败蜕变成一抹孤傲的风骨，凛凛于秋水。

那一抹枯败里，是独立秋风的铮铮傲骨，更是笙歌落尽的宁静安然。

正如白音格力所说：“枯荷虽残，却是人生之境。是老境界，至简又浑厚，澄净且能退静。”

枯荷，是深秋的一道风骨，亦是一种人生之境。荣即是枯，枯即是荣。人生，总要从繁华走到平淡，从喧嚣归于平静。

霜降，是最后的一抹秋色。

草木黄落，蛰虫咸伏。秋，大概就是裹着冰冷与温情，摇落一身繁华，慢慢走向冬天的吧。

不如将所有的情绪，都放逐在秋风里，不惧秋色渐凉，不惧寒意渐深，不惧霜露渐浓，将岁月打磨成人生枝头最美的风景。

杨绛曾说：“我们曾如此渴望命运的波澜，到最后才发现，人生最曼妙的风景，竟是内心的淡定与从容。”

生命到最后，都会归于素淡与本真。不慕浮华，不争不抢，不困顿，不纠缠。

风一动，寒一重。素心向秋，安然入眸。

秋已深，冬将至。岁岁年年，愿你安暖。

秋分：一叶落平分秋色，万物收岁月无恙

木叶落，雁南归，又是一年秋分至。

秋分，是二十四节气中的第十六个节气，也是秋季的第四个节气。

董仲舒在《春秋繁露》中说："秋分者，阴阳相半也，故昼夜均而寒暑平。"秋分，平分秋色也。

秋分之日，昼夜等长，寒暑均平。秋分之后，北半球昼渐短夜渐长，暑气渐退，寒气渐生。

秋分，似一枚金黄的落叶，随着一阵凉凉的秋风，滑向季节深处。

与山水为邻，邀草木为伴。与云霞守望，邀风月对饮。和斑驳的秋色一起，走向生命的成熟。

时光微凉，秋色渐深。

秋分，是一条温柔的分界线，盈盈一挥舞，秋天便一分为二。不觉间，秋已过半。

天高地阔，白云淡淡。寒凉与暑热携手并肩，黄叶与蓝天平分秋色。

秋分，在季节的转换中，揉进了一丝清凉的味道。暂且不去想早晚的阵阵凉意，也不去管中午的一时燥热。

随秋风，跨过时光的门槛，去追寻，岁月深处的斑斓秋意。

风吹过山谷，看草色染青黄。风略过溪涧，听泉水叮咚作响。风，停在桂花枝头，轻嗅丝丝缕缕的芳香。

簇簇桂花，香远益清。点点金黄与橙红，开得那般热烈，那般自在，

那般香甜。任谁路过，都会忍不住为之驻足，暗香停留。

秋风，携着一缕香魂，穿尘而过。染白了芦苇，染黄了菊花，染红了枫叶。

亭亭芦苇，随风摇曳。白色的思念，也随秋风，浩浩荡荡地蔓延开来。执菊花为笔，用红叶做明信片，挥毫泼墨，写上万般情思，寄给远方的你，寄给爱和温柔本身。

途经山河岁月，将浪漫一一典藏。只待你，用深情轻轻开启。

岁月悠悠，秋意渐浓。

渐深渐浓的秋色里，世间万物都开始做减法。走过春的明媚，路过夏的热烈，走进秋，便是走进了清简的诗意里。

山寒水瘦，连草木也开始调整呼吸。不再憧憬欣欣向荣的热闹，不再羡慕恋恋风尘的繁华。褪去一身喧嚣和浮躁，学会沉淀自己。

沉淀自己，如同深秋的草木，不管即将面对多少寒风冷雨，不管要经历多少摧残无奈，都要学会淡定。沉静下来，积蓄力量。纵有疾风起，人生不言弃。

我们的人生，也需要沉淀。在沉淀中，慢慢看清自己，好好认识周围的世界。

时间，也会帮我们沉淀最真最纯的感情。该遇见的，自然会遇见。要别离的，也无法挽留。真情，或者假意，时间会证明一切。

何必执着，何必妄念。缘来的时候，好好珍惜。缘去的时候，不留遗憾。

在这一季的秋风里，放飞所有的烦恼，把所有的悲伤抖落在岁月的长河里。让心灵，在素简的秋韵里归于宁静。让生命，在沉淀中得以升华。

半凉半暖之间，半个秋色将尽。

花残叶落，秋的淡雅风韵也渐渐显露出来。在极致的绚烂之后，生命也渐渐趋于平和，重拾最初的简单和纯粹，处变不惊，坦然从容。

素简的水墨秋韵，勾勒出成熟的韵致。用金色的微笑，向天地万物致意。问候红彤彤的石榴，问候沉甸甸的稻谷，也问候每一个路过秋天的人。

过尽千帆，终于明白，与我们同行的，不是只有明媚和繁华，还有伤感和凋零，还有岁月沉淀的静。

正如深秋的静。那种静，是铅华洗尽的素静。穿透了时光，摇落了尘埃。静静地，走过古道西风，越过小桥流水，于南山之下，修篱种菊，与世无争。

心素如简，人淡如菊，这是秋的风骨，亦是淡泊的人生态度。愿你如秋风，自在洒脱，不忧伤。愿你如秋叶，从容悠然，不张扬。愿你如秋月，恬淡安静，不荒凉。

此刻，站在窗前，看阳光在黄绿色的叶子上跳跃着。眼前，茶香氤氲，伴着金色的阳光，暖暖的。

秋色安暖，光影斑驳。伸手，将秋意妥帖安放，不说别离，不言惆怅。

秋分至，一叶落平分秋色，万物收岁月无恙。风起时淡然，叶落时不殇。走在渐深的秋意里，不慌不忙，静守岁月慈悲。

白露：露从今夜白，秋风至此凉

秋风起，秋意凉，秋渐深，露华浓。

“露从今夜白，月是故乡明。”转眼，又到了白露为霜的时节。

白露，是二十四节气中的第十五个节气，也是秋季的第三个节气。《月令七十二候集解》里说：“水土湿气凝而为露，秋属金，金色白，白者露之色，而气始寒也。”“白露”代表着暑热的结束，也代表着清冷的开始。至此，万物也随寒气生长、成熟。

白露，是最有诗意的一个节气。在秋水长天的静谧里，披一身清凉，养一怀淡然，目光所及，一丛草叶，一溪闲云，一缕烟霞，一树菩提，勾勒出最美的秋日时光。

白露悄然至，秋风渐渐凉。

说起白露，总是不由地想起左河水写的一首《白露》诗：

衰荷滚玉闪晶光，一夜西风一夜凉。
雁阵声声蚊寂静，枣红点点桂流香。

荷叶渐渐衰败，晶莹的露珠闪着白玉似的光芒。西风吹来一夜清凉，阵阵西风阵阵凉。北雁开始南归，秋夜变得安静起来。枣红点点，桂花染香。

秋风轻轻一吹，花香落满衣襟。那香味，甜甜的，软软的，像是未说出口的惆怅，甜而稳妥，淡而忧伤。

日渐短，夜渐长，绿色渐瘦，岁月薄凉。有些等待，在光阴里寂然老去。清简的秋韵，落下一地笙歌。

打开窗户，邀一缕凉风，两分月白，三两花香，再加些许清露，煮一壶闲情，喂养光阴，滋养灵魂。

白露带着一身诗意，走进更深的秋色里。

白露，是“相思黄叶落，白露湿青苔”的思念，是“玉阶生白露，夜久侵罗袜”的孤寒，是“白露横江，水光接天”的壮阔，亦是“蒹葭苍苍，白露为霜；所谓伊人，在水一方”的深情告白。

眉目，轻锁一帘秋色。素笔着墨，写下山抹微云，写下竹敲秋雨，写下古道西风，写下小桥流水，写下故事里摇落的闲愁。

秋思绵绵，早已入了清丽的诗行。一句句，是婉约的惆怅。一章章，是素简的清凉。

每一寸光阴，都是季节的脚步。每一程春秋，都有美好的祝福。诗酒趁年华，好景莫辜负。

抬头，天空蔚蓝，高远辽阔。大团大团的云朵，像是白色的羊群，在旷野里散步。它们驮着白色的思念，在秋光云影里，徘徊着向大地走来。

一簇簇绽放的小雏菊，与秋风互表爱慕。花瓣与秋色，执手相看，互诉衷肠。痴痴缠绵，不忍分离。

秋风里，多了一丝甜蜜的惆怅，和一份滚烫的爱恋，也多了一些对于未来美好的畅想和希冀。

一阵秋风一阵凉，一场白露一场霜。

风轻拂，秋意携寒露。秋夜，多了一丝寂寂的凉意。而午后的阳光，依然是柔柔的，暖暖的。

金色的光芒，恍如流金的碎屑，层层铺设开来。洒在山川，洒在田野，洒在绿色的叶子上。黄绿交错，光影斑驳。

纵使季节荒凉，也总会有一个人，一束光，温暖你的心房。伸手，华光在握。指尖，暖暖的。心，一下子安静下来了。

越发走到岁月深处，越是喜欢安静。安安静静的，多好。

静下来，聆听微风的絮语，轻吻草木的清香。静下来，泡上一盏白露茶，只闻茶香，不谈悲喜。静下来，细数流年，褪去浮华和沧桑，沉淀真情与美好。

三毛曾说："给自己时间，不要焦急，一步一步来，一日一日过，请相信生命的韧性是惊人的，跟自己向上的心去合作，不要放弃对自己的爱护。"

清风白露，天冷加衣。愿你好好爱自己，不纠结，不犹豫，不彷徨。愿你努力活在当下，心中存诗意，脚下踏远方。愿你拥抱斑斓的秋色，不负岁月，不负深情。

露从今夜白，秋风至此凉。白露时节，秋已渐深，风霜还在来的路上，我在秋色连波的浩渺里，等一场繁华落尽的素净和安然。

立秋：云水长天收夏色，风起叶落秋意来

“风吹一片叶，万物已惊秋。”须臾之间，光阴悄然而过。转眼，又是一年立秋。

立秋，是二十四节气中的第十三个节气，也是秋季的第一个节气，为秋季的起点。

《历书》曰：“斗指西南维为立秋，阴意出地始杀万物，按秋训示，谷熟也。”立秋后，阳气渐退，阴气渐生。万物荣华之际，季节偷偷换了容颜。

揽一缕秋风入怀，撷一片秋叶静美。一年中，最美的浅秋，就这样款款而来。

至此，万物开始从热烈繁盛走向成熟素简。

窗外，聒噪的蝉鸣，起伏的热浪，似乎正在和这个夏天做最后的告别。

夏，轻轻地合上绿色的信笺。告别喧嚣，放下浮躁，在秋水长天的静谧里，与过去挥手作别。

岁月忽向晚，山河染秋色。秋，真的来了。一黛远山，一池秋水，一片枫叶，秋便有了韵致。

湛蓝的天空，辽远而又深邃，干净得没有一丝褶皱。真想，幻化成一只轻盈的鸟儿，挣脱尘世的樊笼和桎梏，飞入蓝天的怀抱，自由翱翔。若是累了，便枕着一片云海，与天地一起酣眠。

偶尔，一阵清风拂过，林间的叶子抖落一身尘埃，迎着清爽的秋风，翩翩起舞。

秋，没有春的萌动，没有夏的张扬，亦没有冬的清冷。秋，是一首婉约的诗，“睡起秋声无觅处，满阶梧桐月明中”。秋，亦是一幅多彩的画，“碧云天，黄叶地，秋色连波，波上寒烟翠”。

走过春花灿烂，路过夏意葱茏，走进初秋的月明风清，清浅秀丽。

秋天该很好，倘若你在场。

这个时候的秋，还是浅浅的，淡淡的。空山新雨，夜枕清凉。秋风吹起一阵花香，秋雨洒落一地缠绵。

秋，是一个思念的季节。念，是思念，是怀念，是念念不忘，终有回想。念你时，你是黄昏的晚霞，灿烂夺目。念你时，你是清晨的露珠，晶莹剔透。念你时，你是秋雨绵绵，空灵，幽静，又惆怅。

念天边的明月，念远方的故人，念梦里的故乡，念老去的时光。

人这一生，会遇到很多有缘的人，也会遇到很多美妙的风景。用心去珍惜，才能不辜负所有的相逢。

捡一枚秋日的落叶，将深情的往事，镌刻于心。煮一壶经年的老茶，独坐窗前，等秋风吹散相思，在时光的年轮里，长出新的青苔。

一次转身，季节更迭，时光未老，秋意渐生。雨打残荷，惊扰了谁的相思，湿润了谁的眼眸？

这一季的秋色里，愿你念的人会来，你爱的人永不离开。愿你活得勇敢尽兴，爱得赤诚纯良。

“一叶梧桐一报秋，稻花田里话丰收。”秋，也是一个丰收的季节。

凉风细细，时光走笔。秋，送走了酷暑，迎来了清凉。染红了枫叶，压弯了稻谷。

一路慢慢地成长，一路删繁就简。相信，春的耕耘，夏的生长，一定会迎来秋的收获。

这一生，从鲜衣怒马，走到悲喜从容。于心中，修篱种菊。纵使花开花落，月影风移，也不染岁月风尘。

时光里的那些遗憾，也会被秋风温柔化解。怀一颗从容的心，行走于四季流年，处处皆美好。

这是一个让人不忍辜负的时节。细碎的阳光，斑驳出时光的印痕。柔软的清风，吹拂着收获的希望。

那些曾经落寞的，失意的，难过的，思念的……都随着浅秋的一缕晚风，消散在云烟深处。

秋风偷恋花的香气，这个八月，想和你一起住在秋风里。不忧伤，不彷徨，不心急，不放弃。努力，坚强，向上，靠近阳光的方向，成为更好的自己。

这个秋天，愿人间烟火暖人心，星河璀璨月长圆。愿岁月善待你我，一切努力都有结果。愿金色的丰收酝酿，我们都如愿以偿。

云水长天收夏色，风起叶落秋意来。夏的葱茏还未褪尽，秋的凉意悠悠袭来。立秋，是夏的结束，也是秋的开始。

伴着秋日的第一缕阳光，心怀期待，努力向前。等红叶绚烂，等白露成霜，等寒蝉凄切，等桂花香甜，等菊开向晚……

我们一起走向更深更美的秋色。不负韶华，不负春秋！

夏至：愿所有的美好，如约而至

夏风徐徐，蛙蝉声声。栀子花开，荷韵袅袅。转眼，又是一年夏至。

每年的公历 6 月 21 日至 22 日为夏至交节。《恪遵宪度抄本》有云：“日北至，日长之至，日影短至，故曰夏至。至者，极也。”

夏至，是二十四节气中的第十个节气，也是夏天的第四个节气。夏至这一天，白昼最长，地久天长。夜晚最短，思念苦短。

夏至，阳光炽热，雨水丰沛。万物尽情地享受着阳光的照耀和雨水的滋养，向美而生，向阳而长。

夏至：花开半夏，陌上清欢

时光更迭，夏已渐深。半夏的时光，停留在枝头，满眼苍绿。阳光穿过随风舞动的树叶，洒下一地斑驳的光影。

半夏的绿意，一丝丝，一缕缕，爬满心头。随风缱绻，随云飘泊，随着阳光的暖，铺设出盛世倾城的浓荫。

一池清荷，水光潋滟。花开半夏，摇曳生香。荷，以守望的姿态，以清雅的风骨，站成一道绝美的风景。入心是画，入眸是诗，入了流年，便是最美的清欢。

远远望去，大片大片的荷叶，如硕大的裙摆，包裹着清丽的容颜。白色的荷，淡雅如水。粉色的荷，娇羞幽欢。还有那黄色的荷，恬静悠然。

多想，乘一叶扁舟，荡漾于荷花深处，看荷花亭亭玉立，赏绿裙飞扬，轻嗅风里荷花香。

半夏花开颜如玉，陌上流年入清欢。夏至已至，放下一切纷繁杂念，素心如简静赏花开。一心无累，便是安然。

夏至：落雨成诗，听雨煮茶

《荆楚岁时记》中记有："六月必有三时雨，田家以为甘泽，邑里相贺。"夏至以后地面受热强烈，午后至傍晚容易形成阵雨。

夏天的雨，最是撩人。它是如此这般随心所欲，来时轰轰烈烈，走时匆匆忙忙。全然没有春雨的内敛娇羞，没有秋雨的情思绵绵，也没有冬雨的清冷凛冽。

夏雨，落在荷花上，是淡雅。落在芭蕉上，是思念。落在庭院里，是悠闲。落在长亭外，是离殇。落在夜色里，是寂静。落在诗词中，是风雅。

夏天的雨，热烈中含着一丝柔情，果敢中透着一些无畏，温热中带来一阵清凉。夏天的雨，有一种浩浩荡荡的美，铺天盖地而来，冲洗万物，埋没喧嚣。整个世界，一派雨雾朦胧，清澈舒爽。

有时，我们也该学学这夏天的雨，潇潇洒洒，无所畏惧。

浮浮沉沉的人生，风雨也是短暂的，如同这夏天的大雨滂沱，来得迅猛，走得匆匆。与其在雨中彷徨哭泣，不如静下心来，落雨成诗，听雨煮茶。

也许，走着走着，就遇到了丽日晴天，柳暗花明。

夏至：愿所有的美好，如约而至

行走在季节的光影里，更觉草木清新如画。

时光仓促，来不及回眸，便点缀在窗外深幽的绿意里，流泻千里。

折一片荷叶，染一缕花香，包裹些许风月，夹在唐诗宋词的韵律里，平平仄仄，都是清香的味道。

午后读书，雨夜煮茶。生活是茶香诗意，是烟火流年，也是平平淡淡的琐碎，是寻寻觅觅的美好。

山河依旧，岁月悠长。那些不绝的风景，那些如烟的往事，那些尘封的旧梦，都不过是恍惚间的日光云影。

总会有落幕的故事，也会有散失的情缘。唯有内心的清明澄澈，才能在这疏离的凡尘里，觅得无上清凉。心上无风涛，随处皆青山。

林清玄曾说："有清净心，平等看待生命的每一步，打破分别的执着，那就是觉悟最好的情境。"怀一颗清净的心，行走于夏日的时光里，赏花开半夏，听雨打芭蕉，寻一处岁月静好。

夏至已至，日暮不绝，酷暑盛夏。愿山间的一缕晚风，吹散你额头的汗珠和心中的忧愁。愿池塘的一袭荷香，给你带来香甜和清欢。愿午后的一阵大雨，为你送来清新和畅快。

夏至，最长的白昼，邂逅最美的天长地久。不乱于心，不困于情，不惧流年蹉跎，静守岁月慈悲。

夏至，风暖荷香，雨送清凉。愿所有的美好，如约而至！

小满：花未全开月未圆，人生最美是小满

小满，是二十四节气中的第八个节气，也是夏季的第二个节气。

在北方，小满时节夏熟作物的籽粒开始灌浆饱满，但还未完全成熟，只是小满，还未大满。

在南方，小满节气意味着雨水开始增多，降雨丰沛，正如民间谚语："小满，江河易满。"

《月令七十二候集解》中说："四月中，小满者，物致于此小得盈满。"

水满则溢，月盈则亏。这是自然之道，亦是人生至理。小满，人生所有的美好，都在将满未满的期许中。

小满即安，心安是归处

小满，天气开始由暖变热，意味着夏天真正的到来。说起小满，想起左河水创作的一首七言绝句：

江南沃野过插秧，江北麦稃便灌浆。
西子湖边人好客，茶商脚走款丝商。

江南，稻田已经插秧，沃野千里。江北，麦子灌浆，颗粒日渐饱满。西湖岸边，游客来来往往，络绎不绝。茶叶和丝绸贸易，也如夏日的葱绿，一派欣欣向荣的景象。

小满，也是色彩斑斓的时节。薰风初入弦，碧纱窗下，沉香袅轻烟。秧苗尚青，麦穗初黄，榴花红艳，枣花香甜。一声声鸟鸣，衔来远方的歌，染绿了朗朗的山色。

在二十四节气中，小满之前是立夏，小满之后是芒种。相比于小暑大暑，小寒大寒，小雪大雪，小满过后并无大满。小满，有一种低调成熟的美，像是一位温和谦逊的智者，行走于浅夏的光阴。

小满，算是最有内涵的一个节气，充满了人生哲理。古人说“满招损、谦受益”，小满者，满而不损也，满而不盛也，盛极生亏，满则招损。

人生最好的状态是小满，小满即安，心安是归处。

小满：别爱太满，物极必反

小满，于每年公历 5 月 20 日至 22 日交节。今年的小满，是 5 月 20 日。这是一个比较特殊的表达爱意的日子。

小满，提醒我们：别爱太满，物极必反，留一些爱给自己，是尊重自己的最好方式。

古人说：“过犹不及。”爱情亦是如此，爱得太满，是一场灾难。爱一个人，若是卑微到了尘埃里，那么，就失去了自己。没有一个人会爱上卑微到尘埃里的你。

柏邦妮说过这样的一段话：“在追爱的路上，我追到最好的人就是我自己。而爱情是老天爷给的奖品，如果有就很好，如果没有也没关系，毕竟自己才是自己的主角。”

好好爱自己，把自己活得精致且潇洒。终有一天，你会遇到一个爱你的人。他会欣赏你所有的优点，包容你所有的坏脾气，发自内心地爱你，想要陪你共度余生。

在爱情里，也要学会留白，给予双方独立的自由的空间。真正的爱，不是海誓山盟、轰轰烈烈，不是死缠烂打、歇斯底里。

给爱留白，是一种懂得，也是一种尊重。不远不近，不争不吵，不浓不烈，这样的爱，更加温柔绵长，更有力量。

小满，别爱太满，别睡太晚。愿往后余生，好好爱自己。你会发现，这个世界特别美好，人间特别值得！

小满：花未全开月未圆，人生最美是小满

做人，是知足，要感恩。做事，要适当，要留有余地。人生不求太满，小满即是美满。

北宋名臣蔡襄在《十三日吉祥院探花》中说："花未全开月未圆，寻花待月思依然。明知花月无情物，若是多情更可怜。"

每个人，都在努力争取一个完美的人生。然而，世事无常，世界上没有绝对的完美。

花儿全开，马上就要凋谢。月儿全圆，马上就要残缺。如同我们的人生，到达顶峰之后，若是不懂得谨慎低调，太过自满，很容易走向下坡路。

有缺憾才是常态，不完美才是人生。人生，最好的境界就是花未全开，月未全圆。对于未来，我们又充满了希望和期待。

诚如尼采所说："不要爬上山顶去，也不要站在山脚，从半高处看，这个世界真美好。"

小满，便是这种处于半山腰的心态，也是一种刚刚好的状态。小满，既不是一无所有的贫瘠，也不是志得意满的高傲。向上走，还有更广阔的天地，还有万千风景，等着你去欣赏。

因为小满，所以还有上升的空间，还有进步的余地。人生最好的状态，就是小满。

小满，也是最美的浅夏时光。柔蓝烟绿，满目葱茏。池塘莲叶，遍地都是清凉色。清风花香，满心都是温柔意。

花未全开月未圆，人生最美是小满。小满时节，趁着浅夏最美的时光，泡一盏清茶，读一卷闲书，听一曲鸟鸣，在阵阵麦香中，心怀欢喜，淡然前行，走向人生的美满。

立夏：风暖人间草木香，一笺清浅入夏来

立夏，是二十四节气中的第七个节气，也是夏季的第一个节气。《历书》记载："斗指东南，维为立夏，万物至此皆长大，故名立夏也。"

立夏，代表着春天的结束，标志着夏季的到来。至此，万物开始蓬勃生长，一派欣欣向荣的景象。

夏天，真的来了。它依着阳光的暖，踏着草木的清香，迎着鸟雀的欢唱，翻山越岭，从云烟深处，携着一笺清浅，盈着一抹绿意，款款而来。

行走于浅夏陌上，阳光揉碎了云层，倾泻一地温暖。清风穿过山林，拂过发梢，亲吻脸颊，触摸心底的温柔，唤醒清浅的眉眼。

凝眸处，草木葱茏，绿树成荫，榴花初红，夏虫初鸣。风，柔柔的，暖暖的，吹来白云悠悠，吹来花香绵绵。

院子里的蔷薇，开满枝头，红的似火，粉的像霞，白的胜雪。绿色的叶子，仿佛一下子挣脱了所有的束缚，伴着缕缕花香，尽情地舒展筋骨。

迎风，轻嗅，淡淡的蔷薇香，沾染衣襟，花意阑珊。蔷薇花开，似乎是在告别恋恋不舍的春，又是在迎接姗姗而来的夏。

不必为春光易逝而感伤，也不必为落红满地而憔悴。怀着一份轻盈和喜悦，期待夏日的清爽，期许满院的花香，期许时光里所有的感动。

那些春天里遗失的美好，终会在夏天里以另一种方式偿还。

得失之间，那些落寞，那些遗憾，那些伤感，早已随着浅夏的暖风，一一消散。

时光深处，打开一扇心窗。邀一缕晚风，揽一抹月色，种下蓝天白云，种下青山绿水，种下岁月含香，种下一枕清欢。

初夏浅浅，莲心不染。池塘里的睡莲，一朵连着一朵，清雅地盛开着，那般傲然，那般惊艳。

莲从不与百花争春，它只是在春天安安静静地、默默无闻地蓄积力量。只待浅夏的风吹来，它便不蔓不枝，盛开出幽幽的绝代风华。

清莲，不属于寒冷的冬，不属于妩媚的春，不属于成熟的秋，它只属于盛大的夏。它亦是炎炎夏日里的一抹清凉色。

春生，夏长，秋收，冬藏。所有春天里的酝酿，都将在夏天热烈绽放。

我们的生命，也如夏花般，明媚璀璨。不退缩，不畏惧，勇敢绽放，自在馨香。如一架蔷薇的绚烂，如一朵莲的清幽。

路过春，走进夏。途经悲喜，不让风尘落眉弯。着一袭清凉，和着欢喜前行。所有的繁杂，终会被时光消融。世事千帆过，路的尽头会是温柔和暖阳。

拥一怀清简，在指尖开出诗意，在心间长成葱茏。亦如我们的人生，总是在经历中丰盈，在恬淡中安详。

五月浅夏，便是最美的时光。浅浅的香，淡淡的暖，多好。就像喜欢一个人，浅浅地喜欢就好，不必承诺，不必深究。没有海誓山盟，也没有波澜起伏，隔着山河岁月，温润如初。

告别春的花开迤逦，迎来夏的草木葱绿，花有使命归期，月有阴晴圆缺，人有悲欢离合，都是自然轮回的生命法则。

酿一壶浅夏的光阴，来供养灵魂，滋养岁月情深。让绿色的希望盈满心房，让柔软的温暖妥帖绵长，让浅夏的时光，似一汪清泉，沉淀温柔，淙淙流淌。

立夏，风暖人间草木香，一笺清浅入夏来。愿你如清风一般，通透温暖；如夏花一般，明媚灿烂；如白云一般，洒脱自然。

生命的夏季，愿你知足且坚定，温柔且勇敢。修得一颗菩提心，纳得一份清凉意，处变不惊，优雅从容。

谷雨：沐一场人间春色，听一曲雨落情长

谷雨，是二十四节气的第六个节气，也是春季的最后一个节气。

春天，迎着立春的第一缕清风姗姗而来，又将在最后一滴谷雨中落下帷幕。

古籍《群芳谱》中说："谷雨，谷得雨而生也。"此时降水明显增加，一场好雨送春归，一路繁花落倾城。

谷雨：人间暮春，雨落情长

曼妙的花事，即将落尽。暮春的烟雨，打湿了零落的花香。花开花落终有时，片片花香不染尘。

雨，带着漫山遍野的诗情，奏着清音，滴滴答答，滴滴答答，飘出韵致，洒落情怀。

雨滴，似断了线的珠子，一颗颗，晶莹剔透，散落在山川，在田野，在花丛间……雨花落，声声慢，淋湿了眼眸，醉了春色情长。

雨落处，杨柳新新，烟胧簇簇，樱花蘸水，清溪涟漪。雨归去，满目苍翠，一池盈绿，清雅馨香，如诗似梦。

这雨，是"好雨知时节，当春乃发生"的及时雨，是"随风潜入夜，润物细无声"的温柔雨，亦是"渭城朝雨浥轻尘，客舍青青柳色新"的清新雨。

听雨，听的便是雨丝的空灵曼妙，雨滴的洒脱飘逸，雨露的温婉柔软。

那些迷茫和困顿，那些寂寞和忧愁，那些喧嚣和繁杂，那些前尘和旧怨，都被雨水冲洗干净，内心变得湿润、宁静、丰盈。

听雨的刹那，仿佛听到了远山古刹莲座前的梵音，悟透了菩提树下的偈语。心也变得清明澄澈，宛若置身于禅房花木深的幽境。

沐一场人间春色，听一曲雨落情长。

谷雨：暮春回眸，莫失莫忘

满眼不舍，不忍春归去。在浅浅的回眸间，仿佛又见花开迤逦，春色正浓的模样。

人生，所有的美好，总是短暂的。如同这最美的春光，如同这醉人的花香。还未游览山河秀色，还未好好拥抱盈盈春光……

再回首，已听到暮春的号角，从山野万里，徐徐吹来。莺歌燕舞，柳绿茶香。

落花铺满径，花香沾满衣。于粉红色的樱花树下，铺开一张素色茶席，邀约三五好友，拾花染香，春水煎茶。

泡上一杯新茶，一杯鲜爽的信阳毛尖，来自大别山深处的清新之气。每一颗芽头，吸收了天地日月之精华，都是大自然的馈赠。

从采摘，到制作，每一颗茶芽，都浸透了茶农们辛勤的汗水。这个春天，不只有惹人怜爱的花香，还有令人神清气爽的茶香。

细细品之，淡淡的甘，淡淡的醇，淡淡的涩，淡淡的清香，淡淡的回味。一切都是淡淡的，恍若指尖匆匆滑落的素锦流年，淡雅幽香。

若拥有一怀素淡的心境，又何惧岁月苍老？素，是“素朴而天下莫能与之争美”的质朴无华。淡，是“渺渺缀浮云，淡淡笼轻烟”的风轻云淡。

素与淡，是千帆过后的懂得，是繁华落尽的相惜，更是对岁月静好的满怀期待。

谷雨，春天的最后一次回眸，是素雅，是淡泊，是清欢。暮春回眸，莫失莫忘。

谷雨：繁花与共，向美而生

时光无言，岁月静美。凝眸处，携一路花香，于心田，种植一碗清欢。以浅笑，以安暖，收藏这一季的花开花落。

花开的时候，尽情地赏遍花色。花落的时候，抬眼看满目葱绿，欣赏过，拥有过，便不觉遗憾。

花开枝头，是绚烂极致的美。花落满径，是黯然沉静的美。

生活从不缺少美，而是缺少发现美的心灵。把生活的脚步放慢一点，学会欣赏美，发现美，遇见美，美无处不在。

心美一切皆美，情深万象皆深。心怀美好，把平淡的日子过得活色生香。向美而生，活得有趣、活得漂亮、活得温暖、活得坦荡。

“流光容易把人抛，红了樱桃，绿了芭蕉。”剪一段时光，缓缓流淌。度一程流年，遥望春天。

只要我们学会珍惜，这暮春的风光，依旧绝美。“杨花落尽子规啼”，柳絮纷飞，子规夜啼，百花开尽，牡丹吐蕊。

盈一怀暗香，存一份诗意，珍惜这一抹最后的春色，踏着一路葱绿，迎接热烈的夏天吧。

那是生生不息的绿意，是浩浩荡荡的繁盛，亦是绵延不绝的希望！

立春：等这一切过去，春天与你共赴

“旧岁此夕尽，新春今日回。”

冬去春来，又是一年立春。

古籍《群芳谱》里说：“立，始建也。春气始而建立也。”立春，是二十四节气中的第一个节气。

春是温暖：阳光明媚，鸟语花香；春是生长：草长莺飞，耕耘播种；春是希望：万物萌发，生生不息。

立春的到来，意味着四季更迭进入新一轮的循环。

立春：万物复苏，静待春来

说起立春，总是不由得想起一首《立春》诗：

东风带雨逐西风，
大地阳和暖气生。
万物苏萌山水醒，
农家岁首又谋耕。

东风送暖，寒气渐渐消退。春风化雨，大地慢慢解冻。

蛰居的虫儿，缓缓地在洞中苏醒。一片片山林，开始萌动发芽，一道道江河，开始冰雪融化。冬季沉睡的大地，山水与万物，开始复苏。

“东风吹散梅梢雪，一夜挽回天下春。”立春，一只手送走了冬日的严寒，一只手迎来了春天的温暖。轻弹一缕春风，聆听春雨呢喃。

春，轻移莲步，翘首而来。一切都像刚睡醒的样子，如晨光之熹微，似朝露待日晞。

把心窗打开，亲吻吐蕊的青绿，抚摸消融的清泉。在春的怀抱里，寄语一份期盼。

一年之计在于春，春种、夏长、秋收、冬藏。春是一年新的开始，不为昨天而苦恼，把握现在，珍惜春光。梦若在，心就在，希望就在。

立春：以花为尺，度量人间芳香

“天街小雨润如酥，草色遥看近却无。最是一年春好处，绝胜烟柳满皇都。”

春天真的来了，带来绿意，带来生机。我听到种子发芽、花儿绽放的声音，我看到大地抖落一身霜华，换上色彩斑斓的新装。

黄色的腊梅，在蓝色的天空下巧笑嫣然。点点新绿，迫不及待地探出了脑袋。还有，路边的迎春花，在阳光下，随着细细的春风，顾盼生姿。

朦胧的绿意，渐渐苏醒。白白的云朵，融入眼帘。幽幽的青草畔，春意阑珊。

把春天的阳光捧在掌心，心生温暖。在松软的土地上，种下玫瑰。只待春风吹来，抒怀浪漫和缠绵。

以花为尺，度量这一季的芳香。粉的桃花，像霞。白的樱花，似雪。花里，还带着丝丝的甜味。

这甜，也酥软，也温凉，也淡泊，像是储藏了一个冬季的温柔释放。

有一种回甘的人生，也叫作“立春”

走过千山万水，看遍世间冷暖，把人生百味一饮而尽，这样的自己，必定回味悠长。

那是经历了寒冬腊月漫长的等待和蛰伏，把繁华看透，把寂寞坐断。那是忍受了冰天雪地的寒冷与荒芜，冰磨炼了意志，雪纯洁了心境。那是期待了很久很久的柳暗花明，历经千回百转，依然心怀希望。

山河岁月，长路寂寂，终需一些美好来支撑。只要心存希望，就能在尝遍千般滋味后，仍能心存感激，感谢命运的每一份赐予。

春水初生，春林初盛，春风十里，邂逅更好的自己。

立春：等这一切过去，春天与你共赴

席慕蓉在《生命的邀约》里写道：

生命中有些邀约不容忘记
我已经答应了你　只等
只等这雾散尽

生命似繁花，也绚烂，也脆弱。它会轻颤哆嗦，也有可能转眼飘逝。

等雾散尽，我便邀约，和你一起共赴春光。

“草在结它的种子，风在摇它的叶子，我们站着，不说话，就十分美好。”执手向暖，静待春暖花开。

我们一起去看“二月初惊见草芽”的鹅黄，一起去感受“二月春风似剪刀”的温柔，一起在“拂堤杨柳醉春烟”的二月天，放飞满天的风筝……

草色，会越来越绿。花儿，会越来越红。而我们，也会越来越好。相信，一切都会好起来的。

没有过不去的寒冬，也没有来不了的春天。冬天会结束，阴霾也会散去，春天已经到来。所有的美好，也会随春风款款而来。

生命有太多的意外和无常。趁春光正好，趁春风不燥，好好去爱想爱的人，勇敢去做想做的事。别给生命留下太多遗憾。

这一路走来，最温暖的就是清晨的第一缕阳光，最澄澈的是黎明的第一汪清泉，最难忘的是一起赏春光的那个人。

等一切过去，春天与你共赴。

第三辑　浮云吹作雪，世味煮成茶

浮云吹作雪，世味煮成茶

时光清浅，素心如简。

有一种情怀，温润如茶。

有一种人生，清雅如茶。

浮云过往，吹作一抔雪。

世间百味，煮成一壶茶。

寂寂清欢，与君共饮。

饮尽杯中茶，修得一颗云水禅心。

——题记

夏日，热浪滚滚，蝉鸣不绝于耳。偶尔的一阵风吹来，拂过发梢，卷起裙摆，撩拨着心底的那份温热。

一年四季，也只有夏天，如此这般热情似火。这盛夏，像青春，短暂而盛大。又像爱情，任性又撩人。

静坐茶室一隅，听一曲云水禅心，泡上一盏喜欢的茶，看天外云卷云舒，观庭前树影风移。

远山，风烟俱静。眼前，茶香氤氲。人，等的是一杯倾心的茶。茶，等的是一个懂得的人。你若愿等，茶不负你。

等，是万水千山走遍的执着。等，是茶与水浪漫的交融。等，是人与茶不可言说的默契。

茶与水的邂逅，是久别重逢的知己。滋养了生命，涤荡了灵魂。水唤醒茶，茶成就水。水因茶而有了滋味，茶因水而得以重生。

人与茶的相逢，是清净淡雅的情怀。橙黄色的灯光下，一缕茶烟，袅袅婷婷，香风细细。多少凡尘过往，都随茶烟归了云淡风轻。

一盏茶，是山野深处的碧水清冽，微风轻柔。亦是遗落千年的山谷寂寂，清音绝唱。喝茶，仿佛是在喝一捧清泉，叮咚叮咚，涤荡心田。又似乎是在沐浴一缕暖阳，无声无息，满怀温暖。

人生如茶，茶如人生。不同的茶，代表着不同的人生阶段。

绿茶清淡，恰如天真烂漫的少女，风华绝代，却又单纯懵懂。轻啜一口，青涩的滋味，弥漫整个口腔。细细回味，一股清凉和回甘沁满心间。

白茶淡雅，道法自然。不揉不捻，不急不躁。这样的白茶，是从容的，温和的，通透的。就像人到中年，不再追求浓烈的滋味，不再贪恋世俗的繁华。删繁就简，回归生命的本真。

红茶，是优雅的。仿佛一位风姿绰约的女子，盘着端庄的发髻，撑一把油纸伞，着一袭婉约的旗袍，一步一莲花，姗姗而来。那抹红色，是时光的温润，是诗词的典雅，亦是女子内心的柔软与慈悲。

普洱茶，像是一位历经沧桑的智者。世事洞明，清净怡然。时光，赋予普洱茶越陈越香的魅力。岁月，让普洱茶变得厚重而绵长。时光知味，岁月含香。人生暮年，亦如普洱茶一般，温暖醇厚，清澈辽远。

一盏清茶，承载天地。一颗茶心，包容万物。“茶”，拆开即是“人在草木间”。人生一世，草木一秋。草木荣枯自有时，心中何必千千结?

几度冷暖，几许烦扰。人生浮浮沉沉，恍如手中的这盏茶。甘苦如茶，香远如茶，浓酽清淡亦如茶。

品茶，亦是在品味人生。茶需细品，人生也需要慢慢去感悟。

想起卢仝的《七碗茶诗》：

一碗喉吻润，二碗破孤闷。

三碗搜枯肠，唯有文字五千卷。

四碗发轻汗，平生不平事，尽向毛孔散。

五碗肌骨清，六碗通仙灵。

七碗吃不得也，唯觉两腋习习清风生。

茶，不仅可以“喉吻润，破孤闷，搜枯肠”，亦可以“发轻汗，肌骨清，通仙灵”。

一人独品，清茶一盏，可平心静气，温润内心。三五好友，热茶一壶，亦可谈风论雅，海阔天空。

时光清浅，素心如简。有一种情怀，温润如茶。有一种人生，清雅如茶。

浮云皆过往，随风吹作雪。

世间品百味，清欢煮成茶。

于盛夏的绝美中，饮一杯禅意的茶。这禅意，是欢喜，是寂静，是莲花清香里绽放的期许。

愿你如茶，走过四季流年，等到属于你的那杯水，遇到懂你的那个人。

愿你如茶，把人生所有的历练都交付时间，相信你想要的，岁月都会给你。

愿你如茶，耐得住寂寞，亦能守得住繁华。把寂寞坐断，把甘苦尝遍，品味人生的细水长流。

把盏祝东风，且共从容

午后，暖阳。坐在临窗的茶台旁，斑驳的阳光洒落脸庞，暖暖的。

眼前，一枝葳蕤的绿，盎然生机。一盏淡淡的茶，香韵袅娜。恍惚间，真的以为，坐在春天里呢。

就让我坐在春天里吧。听春风浩荡，催开十里花香。

无需预约，无需彷徨。跟着风，向前走，奔赴一场绚烂的花事。

那些花儿，已经含苞待放，一切美好，都在来的路上。

带着希望行走，淡淡的花影跌落眼眸。风儿轻轻，白云悠悠。

带着安静行走，穿过泥泞和繁华，待大雪融尽，春天就来了。

带着寂寞行走，悄悄地，不用打扰任何人，花开之前，要保持沉默。

千言万语，万千心事，都要慢慢地说给春天听，说给花儿吐蕊，说给清风吟唱。

铺开岁月的宣纸，以初融的雪水研墨，蘸一点梅花红，染一点梨花白，一笔一画，点滴成墨。

花一朵一朵地绽放，春一丝一缕地晕染。一瓣花，一朵蕊，时光就有了缤纷的香韵。

“一枝梅破腊，万象渐回春。”春似乎从未走远，它只是静静地蛰伏于冰雪之下。只待一袭花色，穿破严寒，暗香浮动。

一抹香，唤醒一个春。枝上花，是冷艳，是惊喜，是感动，亦是与春的久别重逢。

重逢，恍若一场梨花微雨。我没有御寒的外衣，却感觉温热。来自于你眉眼间，滚烫的欣喜。

纵使落花随流水，纵使落蕊碾成尘，袅袅余香里，情之所起，一往而深。时光莞尔，不负岁月。

始终相信，灵魂相似的人，纵然隔着千山万水，依旧会相逢。

穿过幽暗的岁月，越过茫茫的人海，一个微笑，一个回眸，便是懂得。

如雪小禅所说：“这世间，必有一种懂得，穿越灵魂，幽幽而来……不远，不近，你说，他懂；他说，你懂。偌大的世界，总会有一人，懂你。”

这世上最美妙的事情，莫过于遇见一个懂你的人。

懂得，是一种难言的柔情。这世间最美的遇见，便是懂得。最深的真情，亦是懂得。懂你的欲言又止，懂你的落寞与清欢。

懂得，是一种心灵的默契。不必言语，不必刻意。无需解释，无需逃避。时光不老，惺惺相惜。

懂得，是一种难得的缘分。无关风月，无关名利。因为相知，所以懂得。因为懂得，所以慈悲。

懂得，恍如一场花开，唯美而又惊艳，照亮了时光，温暖了生命。

人生，几多风雨，几多沧桑。有的人，是光阴里的念想。有的事，是回忆里的留白。有的缘，是命运的千回百转。有的情，是一盏淡茶，至清至雅，清扬婉兮。

季节的前方，春风温柔，春光明媚。清风明月，浓淡相宜。眉目舒朗，步履轻盈。

林清玄说：“人生有很多事情是值得等待的。等一场风起，看落叶翻飞；等一次相聚，享阖家团圆；等一个老友，共话桑麻，谈天说地。”

我在时光的渡口，采撷一路花香。等这一切过去，我便扛花去看你。

岁月的行囊里，无需背负太多。只要一缕清风，一弯新月，一抹春色，一颗素心，足矣。

你若在，便是最美的春天。待春暖花开，与你一起，奔赴春的盛宴。

听花开的声音，看云淡风轻。拥一怀恬淡，心生锦绣。把盏祝东风，且共从容。

岁暮清欢，浅冬安暖

春去秋来又一年，寒来暑往又一冬。

窗外冬意渐深，一场纷飞的大雪，将时光里的碎片，染上了清寒的韵味。

走在街上，北风跌跌撞撞，一不小心与我扑个满怀。冬日里的风，仿佛是岁月雕琢的一把匕首，散发着清冷的光。

我避无可避，索性就任由它调皮地卷起发梢，飞舞着，凌乱着。

风，洗劫了最后一片落叶，划过我的脸庞，带着一阵刺骨的寒意。

内心，竟生出一阵落寞。无法言说，却又真真切切地感受到它的悲凉，悄无声息蔓延到时光的每一个角落。

冬，收敛了所有的色彩。只留下残枝枯梗，静守清欢，等待下一季的轮回。

烟火人间，光阴阑珊，年华的脚步，渐行渐远。

不知不觉，已是岁月迟暮。回首凝望，想起紫陌红尘里，那些匆匆而过的流年。

走过草长莺飞的春，路过绿芜深处的夏，在风起叶落的秋，等一场红梅傲雪的冬。

多少人，在花开陌上欣喜相逢，又在红尘渡口匆匆别离。曾经说好的相知相依，约好的不离不弃，早已被冷风吹散在袅袅寒烟里。

多少往事，恍如窗前苍翠的叶，被时光渐渐染黄，兀自凋落。枝零叶落，只留下苍劲的虬枝，在寒风中荒芜着。

多少感情，初初相识，便是一见如故。似是隔世重逢的知己，无需多言，一个微笑，便读懂了所有的悲欢。走着走着，慢慢淡了，远了……

也许，时光的掌纹里，早已写好了所有的重逢与别离。季节的轮回里，也早已注定了所有的繁华与凋零。生命的脉络里，早已镌刻了所有的清冷与温暖。

多少前尘终成如烟过往，多少故事归于沧海桑田。看过的风景，到最后都要交付于岁月。

诗人张枣说："望着窗外，只要想起一生中后悔的事，梅花便落满了南山。"

浮生如梦，为欢几何。匆匆的岁月里，总会有一些遗憾，如梅花一般，铺满南山。

而我，只愿采撷最清雅的两三朵，置于窗前。邀一轮明月对饮，看疏影横斜。掬一捧雪水滋养，有暗香盈袖。

在一朵花的静谧里，散尽寂寥的心事。将缤纷的念想，一一沉淀。褪去浮华三千，淡度流年。

轻轻掩上岁月的帘，不去问今夕何夕，不去管世事纷争，在自己的一方天地，看庭前花开花落，望天上云卷云舒。去留无意，宠辱不惊，不惧韶光易逝，无畏年华变迁。

罗铖在《生活的态度》里写道："要简单，简单到一片茶叶。要平静，平静至如水的光辉。"

简单，是一种境界，亦是一种生活态度。我不要繁冗复杂，只要简简单单。一如万物敛藏的冬，不再张扬，不再绚烂，素白而沉静，只留一卷清瘦的风骨摇曳于瑟瑟冷风。

银碗盛雪而不惊，明月藏鹭亦不扰。放下沉重的负累，简单的生活，简单去爱。简单的美好，本就是心之所向。

挥一挥衣袖，抖落满身霜华，慢品人间烟火，闲观岁月情长。

心素如简，安静淡然。煮一壶世味的茶，与之深情对话。温一壶岁月的酒，道一声别来无恙。

愿所有的遇见，都恰逢其时。愿所有的爱，都温暖可亲。

愿日子清简，抬眼皆是温柔。愿有岁月可回首，亦有前程可奔赴。

一茶一书一净土，一浮一沉一人生

人生，是一场修行，也是一场旅行。旅途中，有春的温柔，夏的热烈，秋的素简，冬的清寒。

四季流年，在指缝里悄然滑过。时光总是匆匆，一茶一书，却可以帮我留住光阴，温暖岁月。

一个人的时候，泡一盏茶，读一本书，听一曲轻音乐，别有一番滋味。

此生，与茶，与书结缘。打开心门，开辟一方净土，书慢慢读，茶淡淡品，缘浅浅遇。

生活中，有人喜欢红酒的浪漫，也有人喜欢咖啡的浓醇。而我，喜欢茶的清寂和淡雅。

清，是清心，心清了，人就静下来了。人，只有静下来，才能认清自己，清醒地知道，自己需要做什么，能够做什么。认清自己，有所为，有所不为。日省吾身，有则改之，无则加勉。

寂，是孤寂，是寂静。总觉得，人是要有一点孤意的。偶尔远离喧嚣的人群，在一盏茶的寂静里，回到自己这里。自己与自己，可以好好相处。

淡，是平淡，是清淡。淡而无味，无味之味乃至味。生活，不可能一路繁花似锦。更多的时候，是平凡，是琐碎。正是这些烟火如常的瞬间，构建了我们真实的人生。

雅，是高雅，是雅致。纵使生活一地鸡毛，我们也要学会寻找“雅”的乐趣。焚香，插花，读书，泡上一盏茶。香韵袅袅间，心生典雅。

生命中，有太多的人，来去匆匆。有太多的事，扰乱安宁的心绪。从容不迫的人生，需要勇气，更需要智慧。而茶和书，可以让我们在万千浮华中，养心，养意，养精神。

茶，透着静，静品人生，细水长流。书，藏着淡，淡而悠远，淡而明志。

一盏茶，不过两种姿态：或浮，或沉。浮，是为了释放内在的馨香。沉，可以成就醇厚内敛的滋味。

一浮一沉之间，茶烟袅细香，仿若置身于幽兰深谷，溪涧潺潺，香韵袅袅。

饮茶，不过两种姿势：拿起，或放下。人生如茶，茶如人生，浮时淡然，沉时坦然。拿得起，也要放得下。

拿得起，是生活的责任。放得下，是人生的淡泊。拿得起，需要勇气和担当，放得下，需要智慧和洒脱。

学会放下，才能得到更多心灵的自由。放下执念，多一些清简的自由；放下怨恨，多一些平和的豁达；放下名利的束缚，多一些淡泊的自由。

一些淡然，一些自在，一些渺远的意境，都在一盏清雅的茶中。淡看流年烟火，细品静好人生。行到山穷水尽处，正是坐看云起时。

秋日午后，捧一本最爱的书，泡一盏清雅的茶。倚窗而坐，有风徐来。细碎的阳光，透过玻璃窗，落在指尖，斑驳地跳跃着。

秋色寂寂，静默安然。茶韵袅娜，墨色生香。有茶，有书，便是最惬意的时光。

三毛说：“读书多了，容颜自然改变，许多时候，自己可能以为许多看过的书籍都成了过眼云烟，不复记忆，其实它们仍是潜在的。在气质里，在谈吐上，在胸襟的无涯，当然也可能显露在生活和文字里。”

于书中，可以品世间人生百味，可以读红尘万丈情深。可以体会“采菊东篱下，悠然见南山”的淡然，也可以感受“一蓑烟雨任平生，也无风雨也无晴”的豁达。

茶，在杯子里浮浮沉沉，恍若我们的人生，起起伏伏，最后归于平淡和安宁。一盏好茶，可以涤荡心田，滋养心灵。一本好书，可以邂逅有趣的灵魂，丰盈生命。

一茶一书一净土，一浮一沉一人生。抛开尘世的喧嚣，于心灵深处守一份净土，让灵魂有地可栖，有枝可依。

一盏清茗，半日浮生。一页闲书，半卷诗意。细品时光清寂，光阴温婉如秋。

一茶一书一知己，不负岁月不负卿

浮生若梦，几度春秋。也曾喜欢喧嚣，也曾留恋繁华。一路走来，经历了是非曲折，尝过了人情冷暖，生命渐渐归于宁静。

一个人静下来的时候，才恍然明白：人生在世，若是有一些真正的爱好来滋养岁月情深，那么，内心也是纯粹而又欢喜的。

有真正热爱的事情，生活会变得更加充实，生命会更富有层次感和幸福感，人生也会活得淡定从容。

一茶，一书，一知己，聊慰此生。被这样的美好深深吸引，此生也不觉遗憾了。喝茶读书，不问朝夕。诗书相伴，清茶一盏。

人生如茶，淡然以对

三毛曾说：“人生有如三道茶，第一道苦若生命，第二道甜似爱情，第三道淡若微风。”

人生如茶，尝过苦涩，才能品味回甘。万水千山的风景都看透，才会拥有淡泊的胸怀。

茶本质洁，是天涵地孕的一片树叶。一盏茶，呼吸日月山川的灵秀，吐纳自然界的气韵万千。

茶，是包容的。一人独品，是清雅。二人对饮，是知己。多人成饮，亦可畅所欲言，相谈甚欢。

喝茶，喝的是一种心情，品的是一种境界。看得清，放下执念便是万般自在。看不透，一场梦了然无痕。

杯盏茶香，茶遇水是缘，人遇茶亦是缘。以一颗淡然的心，面对人生的起伏；以一颗无尘的心，还原生命的本真；以一颗感恩的心，珍惜生活中的所有。

人生如茶，淡然以对。沸水泡之，涤荡心田。香若兰芷，味醒醍醐。细细品之，淡而香冽，温而素雅，宁而醇绝……

泡一盏茶，与岁月共饮，品一份悠然与深情，与那个怜惜的人，一起慢慢老去。

生命如书，优雅馨香

生命犹如一本厚重的书。

每个人的生命之书，都是自己一生的经历，或坎坷，或顺遂，或平凡，或幸福。酸甜苦辣也好，得失成败也罢，都是一种历练。

正是这些饱经风霜的阅历，才沉淀出博大精深的文化内涵。

读书，亦是在品读生命。在书中，可以感受“大漠孤烟直，长河落日圆”的壮美；可以体会“人情似纸张张薄，世事如棋局局新”的无常；亦可以领悟“人生如逆旅，我亦是行人”的生命真谛。

我喜欢在一个安静的午后，坐在临窗的书桌旁，泡上一盏茶，捧起一卷书。品着茶香，嗅着书香，让时光慢一点，再慢一点……

书，能让人清醒，亦会让人变得旷达。在茶香书韵中，把自己从千军万马的尘世里，拉回到一方静谧的天地。放下浮躁与繁华，享受一个人的浮世清欢。

沿着历史的长河，读唐诗，品宋词，唱元曲，万千风景，皆在书中。于书中，沾染一份“天生我材必有用，千金散尽还复来”的自信与豪迈，修得一份“行至水穷处，坐看云起时”的潇洒与淡泊。

读书是如此优雅的情调。于人生奔波忙碌间，读一卷书，灵魂与文字共舞。

一生知己，夫复何求

人生难得一知己，千古难觅一知音。

大凡灵魂相似的人，有幸相逢，便是知己。知己之间，相互欣赏，彼此懂得。不需要太多言语，只一个眼神便是温暖相惜。也不一定形影不离，但不管距离多远，都心有灵犀。

知己之情，高于友情，却不是世俗中的爱情。真正的知己，是心与心的交付，是灵魂与灵魂的碰撞。

正如民国才女林徽因说的那样：只有心灵相通的人，才有共鸣看人世间的潮起潮落；只有灵魂相近的人，才能看到彼此内心深藏的美丽。

人生的知己，无需太多，一个便已足够。真正的知己，从来不在拥挤的人海，而在心间。

没有花前月下，没有缠绵悱恻。只是在你最需要的时候，帮助你，温暖你，感动你。

每一句话，都是悉心的开导和鼓励，打开你内心的千千结。每一件事，都是真心的付出和支持，陪你前进，伴你成长。

知己，何需千言万语？因为彼此懂得，所以心怀感激。因为彼此眷恋，所以格外珍惜。

人生何求？一茶、一书、一知己，足矣。

一盏茶，饮尽红尘悲欢，淡定坦然。一卷书，读透世间冷暖，优雅从容。一知己，相知相惜莫相负，静守流年。

一茶一书一知己，一朝一暮一人生。

至善至美至清雅，不负岁月不负卿。

酿一壶浮世清欢，伴岁月情长

繁华如梦，流年易逝。仿佛昨天还是千娇百媚的人间春色，转眼，葳蕤的绿色就染遍了山川万里。

微雨过，小荷翻，榴花开欲燃。夏已渐深，花事凋零，瓜熟蒂落。在下一个不远的路口，金色的秋似乎已经在翘首以待。

呼吸之间，沧海偷偷换了流年。时光深处，蹉跎着一弦一柱的锦瑟年华。岁月彼岸，搁浅着诗意星河的静寂清欢。

我曾在盛夏的夜晚，踏过蜿蜒曲折的山路，随着山野清风，来到大山深处，只为感受山间夜色的清宁与安静。

夜色渐深，月上眉弯。抬首的瞬间，只见一轮圆月，悬于夜空，温凉的月色给山川田野披上了一层银色的薄纱。

月亮，似乎很低很低。好像站在山峦之巅，只要踮起脚尖，就能摸到月亮。不一会儿，一片乌云挡住了月色，天边和远山一样，黑黑的，却无比宁静。

环在大山的怀抱里，莫名地有种踏实的安全感。似乎，那山，可以帮这里的人阻挡一切黑暗、迷茫和困顿。

我，被清宁的月色包裹着，黑暗的夜色在我身后沉默着。忽然觉得，人何其渺小。逝者如斯，不舍昼夜。

低眉沉思的一瞬间，乌云又散开了。月亮越发明亮皎洁。旁边，还有两颗小星星，一闪一闪，可爱极了。

月色如水，荡漾着丝丝缕缕的柔情。想起日本作家夏目漱石，曾经在学校做英语老师的时候，直接把“I love you”翻译成“今晚的月色很美”。

是的，月色很美，风也温柔。正如宋朝诗人范成大的一句诗：“愿我如星君如月，夜夜流光相皎洁。”无论经历过什么，最简单最虔诚的愿望，不过是祈愿星月长明，山河永固。

过往的种种，也在月色的洗礼下，渐渐变得透明，薄如蝉翼。只有一颗素净的心，感受一切安详与美好。

月色，慢慢晕染出橙色的光泽。那是我，多年来不曾见过的惊艳。山川田野，都被浸染，如童话般宁和淡泊。

那一刻，真的觉得，生而为人，人生真的很美好。所以呀，想要努力，想要清简，才能无愧于这美丽的月色，这美好的人生。

我们每个人，都在匆匆忙忙地赶路，甚至没有时间停下来，等一等那颗疲惫倦怠的心。有多久，没有满怀欣喜地去看一朵花开，感受生命绽放的力量。有多久，没有静下心来去赏一轮明月，看月色慢慢爬上山坡，带来山间夜色的安宁和悸动。又有多久，没有好好坐下来，泡上一盏茶，细细品味人居草木间的惬意和优雅。

我们只顾着追求远方，却忘记了欣赏眼前的风景。有时候，停下来，慢下来，也许能够感受更多的美好。

不如，放慢你的人生节奏。晓看天色暮看云，将一朵流云看到无瑕，将一盏清茶喝到无味，将一个人爱到无心。

在冗长的岁月里，在平凡的烟火人间，好好地去爱一个人。让时光慢一点，再慢一点，从青丝到白发，从初见到倾心，从相知到相守，在悠悠流转的时光里，守着一颗慈悲的心，与相爱的人，一起慢慢老去。

光阴之城，长满岁月的青苔。信步去看一场荼靡的花事，倚窗听一曲缠绵的雨声。寂寂流年，不再孤单。

于朴素的人间烟火，仰望星月山河。于时光的素简清欢，安放诗意人生。盛夏的温热里，心似莲花缓缓开，淡淡的馨香，淡淡的清凉，淡淡的菩提禅意。

心若有情，一草一木皆灵性。心若有爱，一山一水皆从容。心若淡然，一诗一茶皆风雅。

别让盛夏匆匆，留下了遗憾。莫让时光黯淡，遗失了美好。一半烟火，一半诗意，不负自己，不负流年。

采一抹晚霞，携一缕清风，剪一帘月色，酿一壶浮世清欢，伴岁月情长。

看取莲花净，应知不染心

莲，是夏日里的一抹清凉。

莲的白，朴素清丽。仿佛，这盛夏的酷暑与浓烈，都只是它的陪衬。白得干净，白得彻底，没有任何杂质。

一枝白莲，出淤泥而不染，静静地立于水中。无需张扬，自成风景。

莲的粉，多了一丝娇俏与可爱。好像，这世间的一切嘈杂都与它无关。它只是守着一方池塘，安安静静地盛开。

这一开，便开出了满心的欢喜，盛世的清欢。

莲，这个字读起来，就有点清幽的感觉。是的，有的文字就是这样，自带草木的清香气息。

莲儿，又像是呼唤一个姑娘的芳名。这个姑娘，一定是有着姣好的面容，纤秀的身材。明眸皓齿，肤若凝脂。回眸一笑，便温婉了时光，静默了岁月。

美，是一种清水出芙蓉的美，不刻意，不做作，不矫情。美，亦是一种心怀慈悲的美，过尽千帆，仍有清逸出尘的气质。

想起孟浩然的一首诗：

> 夕阳连雨足，空翠落庭阴。
> 看取莲花净，应知不染心。

雨过天晴之际，夕阳西下。山峦与晚霞，相映成趣。水汽空濛，连着未尽的雨滴，飘落庭院。

看那莲花出污泥却依然纯净，才知什么是一尘不染的心境。

在这烟火凡尘，有太多的追逐，也有太多的诱惑。有太多的身不由己，也有太多的无可奈何。

唯有，内心足够干净，足够赤诚，才能守得住一段莲净的光阴。

干净，是如莲一般的精神气质。诗人顾城曾说："一个人应该活得是自己并且干净。"

见多了浮夸，看多了虚伪，当浮躁慢慢褪去，渐渐会发现，活得干净，是多么难得，多么有趣。干净，映射出的，是一个人的修养，也是一个人的灵魂底色。

干净，有点诗意的味道。就像音乐诗人李健，听他的歌，如诗如画，唯美动人。又如淙淙流水，浇灌心田。

他从不热衷名利，只是沉浸在自己热爱的音乐里。他把一首首歌曲温柔地吟唱，也保持着内心的纯粹与深情。

干净，也是一个人最好看的样子。如莲一般清雅，无染。

人生难得，是经历命运的跌宕起伏之后，仍有一颗干净澄澈的心。

内心的干净，是一份从容，一份淡定，一份大气，一份豁达。

不为名所累，不为利所扰。清清白白做人，干干净净做事。心无旁骛，活得简单，活得明白，活得自在。如山间清爽的风，如夕阳温柔的光，如夜晚皎洁的月色。

如果总是患得患失，人也会活得很累。如果总是心浮气躁，也只能活在虚伪的表相里。

水，因干净而清澈。人，因干净而纯粹。

一个真正干净的人，一定经历过人生的复杂与阴暗。明白生活的真相，知晓生命的本质。身处纷纷扰扰的尘世，知世故而不世故，历圆滑而弥天真。

眼睛干净，才能看得见世间的万千风景。心灵干净，才能感受到世间的真情与美意。

干净，是一种境界，也是一种修行。

红尘有聚有散，人生有起有落。丰子恺曾说："既然无处可逃，不如喜悦；既然没有净土，不如静心；既然没有如愿，不如释然。"

我们穷尽一生，也不过是为了邂逅内心的一朵莲。

以一颗干净的心，来面对繁杂的世事。内心干净，淡泊从容，内心通透，万物清明。

"看取莲花净，应知不染心。"如莲一般，干干净净过一生。

一半春色以染心，一半诗意以从容

走进春天，便是走进了一幅唯美的画卷。

春风如剪，裁出柳色新新。堤岸的杨柳，随着春风轻轻舞动。风里，裹着淡淡的香，淡淡的甜，淡淡的春意。

清凉的风，抖落时光的尘埃。让过往的忧伤，埋藏于岁月深处。让新生的希望，被春风点亮。

风含笑，柳生烟，花蕾正在一层层拨开春天。迎春花的点点鹅黄，李子花的如雪洁白，还有梅花的暗香盈袖……

春风吹拂，拂去丝丝缕缕的春愁。眼眸里，含着一汪清澈的春水。唇齿间，描摹着醉人的梅红。

内心，仿佛被一缕春风，吹开了千千红萼。迤逦的心事，也如桃花一般，含苞待放。

春，是一年中最美好的时节。蓝蓝的天，白白的云，如黛的山色，万紫千红的花儿，都沾染了一份盎然的诗意。

“好雨知时节，当春乃发生。”如果再来一场春雨，就更喜人了。

春雨敲窗，山温水软。如一帘幽梦，总在不经意，悄悄来临。

雨，轻轻的，柔柔的。雨，落在身上，无声无息。像是母亲的手，抚慰着你。

春雨，如甘露一般，洒向大地，万物贪婪地吮吸着。柳条偷偷抽出了芽，嫩嫩的，翠翠的，看一眼就心生欢喜。

“微雨如酥，草色遥看近却无。”浅浅的绿色，仿佛一层细纱，若隐若现。又似一笼薄雾，铺满山川田野。

玉兰的花骨朵，也调皮地探出了脑袋，只待春风一声令下，便如千军万马一般，浩浩荡荡地盛开……

俗话说：一场春雨一场暖。春雨过后，春天的暖意便会越来越浓了。

溪水潺潺，远山渐绿。万物在春雨的洗礼下，慢慢苏醒，睁开蒙眬的睡眼，舒展舒展筋骨，抖擞抖擞精神。

苍劲的树木，盘曲的虬枝，还带着一丝从寒冬里醒来的沧桑和疲惫。而枝头那一抹萌动的绿意，最是让人心动。

初春的新绿，是凋零之后的重生，是重生之后的希望。

点点新绿，是新生的纯洁与素净，是期待了很久的柳暗花明。

浅浅淡淡的绿意，必然是经历了一个冬季的沉默和蛰伏，忍受了冰天雪地的冷寂和荒芜，把繁华看透，把寂寞坐断，把枯寂尝遍。

正如我们的人生，走过最漫长的黑夜，就会迎来黎明的曙光。熬过最严寒的冬，就能拥抱温风和煦的春。

春风起，春意渐浓。携一支秀笔，蘸一池春水，写意春天。挥毫泼墨间，染绿了山川、田野和万物，也染绿了一幅关于生命的隽永画卷。

这样的美，清新如水，淡然雅致，柔而不媚，热烈而不张扬。

褪去浮华与沧桑，在心田种植一份永不凋零的绿。春可养心，夏可乘凉，秋可收获一份慈悲，冬可储藏一季的温暖。

储存阳光，必有远方。心有馨香，何惧岁月荒凉?

山河寂寂，岁月漫漫。只要有绿色的希望在，生命的韧性就在。

春天的花儿慢慢地开，人生的路慢慢地走。繁花似锦，硕果累累，都需要一个过程。

一半春色以染心，一半诗意以从容。

春光无限好，邀十里春风，万亩绿意，赠你满园春色，山河万朵。

愿你的生活如阳光一般，明媚而不忧伤。愿你努力前行，活成自己喜欢的模样。愿你在尘世获得幸福，愿你面朝大海，春暖花开。

安静，是一个人的繁华

世间的风物，有了静，便有了韵味。

空山松子落，是一种幽静之美。明月照轩窗，是一种清寂之美。

我喜欢静，静静地等一朵花开，静静地看一场雪落，静静地听松风穿过庭院，静静地感受世间的万般美好。

静，是一种高级的审美

静，是一种让人很舒服的气质。

最美的文字，是安静的。我安静地写，你安静地读。无需刻意，便能在文字里静默相逢。

最美的感情，也是安静的。不需要刻意喧哗，也不需要轰轰烈烈，脉脉的温情，淡淡地流淌……

静，是一种高级的审美。静到深处，便是美到极致。

庄子的静，是“不滞于物，不困于心，不乱于人，不迷本性”的超脱。刘禹锡的静，是“谈笑有鸿儒，往来无白丁。无丝竹之乱耳，无案牍之劳形”的素简。

陶渊明的静，是“采菊东篱下，悠然见南山”的淡泊。苏东坡的静，是“夜阑风静縠纹平。小舟从此逝，江海寄余生”的潇洒与旷达。

走过繁华万丈，看过沧海桑田，更懂得了安静的美好。

人心本无染，心静自然清。用一种静谧的姿态，自然而然地生活。

静，是一种从容之态

万物生于静，归于静。

静下来，去看看一草一木，一花一叶。草长莺飞，桃红李白，春天自顾自地打理着一个季节的花事，一切都是安安静静的模样。

世间万物，都在有序地生长着，默默地绽放属于自己的美好。

静，是自然的守恒定律，也是人生的从容之态。高山从不炫耀自己的巍峨，故能成其高。大海从不张扬自己的浩瀚，故能成其大。

不张扬，不炫耀，不攀比，是盛大的安静。

唯有心静，方能从容。走得太快，会忘记当初为什么而出发。走得太急，会迷失前行的方向。

内心安静，才能安之若素，淡然处之。任春花秋月，夏风冬雪；任潮起潮落，风起云涌。

静，是心灵的一方净土。

有句话说："水静极则形象明，心静极则智慧生。"水静下来才会清澈，才能观照世界。心静下来才能生出智慧，才能不被表象迷惑。

守一颗静心，舍一份浮躁。静了，内心就清明了，自然就看得清了。淡看花开，是一种宁静的欢愉。静赏花落，是一种随缘的自在。

做一个安静的人吧，静看花开花落，闲观日月情长。

安静，是一个人的繁华

安静，可以让人放下世俗的烦扰，可以摆脱名利的束缚，可以让人活得更加自在，更加安宁。

白落梅在书里写道："一个人，一本书，一杯茶，一帘梦。有时候，寂寞是这样叫人心动，也只有此刻，世事才会如此波澜不惊。"

一卷诗书，一盏茶香，浅浅喜，深深爱，独享一个人的静谧。这样的静，让我深深着迷。

“闭门即是深山，读书随处净土。”读书，是一个人的静默。喝茶，是一个人的平静。

书香萦绕，茶香袅袅，是一种无言的静美，犹如春日的暖阳，夏日的凉风，秋日的落叶，冬日的白雪。

岁月的沧桑，早已掩埋于宁静的洪荒之下。盈一方净土，觅一份清欢。真正的平静，不是避开车马喧嚣，而是在心中修篱种菊。

给心灵保持一份孤意，孤而不独。远离繁华与嘈杂，怀一颗悠然的心，行走于红尘陌上。不为难别人，也不委屈自己。

安静，是一个人的繁华。如空谷幽兰，清新淡雅。如石上清泉，潺潺流淌。

安静，是一种境界。不浮躁，不纠结，淡看得失，笑对荣辱，静静感受生活的美好。

安静，亦是灵魂的丰盈。

历经沧桑，内心依然热忱。饱经风霜，内心依然安详。拼尽全力，内心依然平静。

心中有静，生命自有芳香馥郁。

第四辑　花开一季，情暖一生

《罗马假日》：爱的最高境界，是成全

爱情究竟是什么样的呢？

“爱从来就不是清浅的，那里面有忍耐，有付出，有等待，还有更重要的成全。”

尘世中的爱有很多种，有的是浪漫邂逅，有的是默默陪伴。还有一种是：我爱你，却不得不放弃你。

放弃，是另一种成全。成全，是最深沉的告白。

《罗马假日》演绎的就是这样一个遗憾却不悲伤的故事。爱上一个人，也许就在一瞬间。怀念一个人，往往就是一生。

爱，是想触碰又收回的手

安妮是一位高贵典雅的公主，因公事来到罗马访问。

白天的行程被身边的侍从安排得满满当当，丝毫没有喘息的机会。到了晚上，安妮望着窗外跳舞狂欢的人群，那颗向往自由浪漫的心，开始躁动起来。

等所有人都退下，安妮偷偷溜出了公馆。一个人走在大街上，趁着夜色，欣赏世间百态，享受这份难得的自由和惬意。

夜色渐深，医生给安妮打的那针镇静剂慢慢起了作用，她睡倒在路边的长椅上。

晚归的报社记者乔路过，看到熟睡的安妮。善良而又绅士的他，几

经犹豫，决定带安妮回自己的住处。

一人睡一床，一人睡沙发，如此相安无事。第二天，乔去报社上班，看到报纸上刊登的公主生病的消息，对比照片，他意外发现睡在自己家里的，竟是公主。

出于职业敏感，乔知道这将会是爆炸性的头版新闻。于是，在安妮醒来离开后，乔再次假装偶遇，骑着自行车，带安妮游览罗马。

“我梦见，我梦见我睡在街头，有个年轻男人走来，他高大强壮，他对我很凶……感觉真好！”这也许是最初的心动。

当乔把手伸进“真理之口”的石像，假装被吞没时，安妮心疼地将其拥抱。

在河边舞会上，当便衣警卫要带走安妮时，她大声呼喊，向乔求救。

当乔与警卫打斗跌入河里时，安妮奋不顾身追随乔，纵身一跃跳入河里。

一天的时间很短，而他们的感情，就在一天的游玩和共患难中，一点点地升温。从河水中出来之后，他们深情对望，缠绵相拥。

很多时候，我们想要逃离枯燥乏味的生活。直到有一天，遇到某个人，像一束光，照亮了整个生命。

人的一生，至少该有一次，为了某个人而忘了自己，不求长相厮守，只求在我最美的年华里，遇到你。

爱，是想触碰又收回的手。如此幸运，在罗马遇见你。

责任，是爱情的基石

旅行总有结束的时候，安妮也要回到属于她的位置。

离别时，安妮看着乔，“我不知道该如何说再见。我不知道说什么。”两人相拥哭泣。

如此情深，却难以启齿。原来你若真爱一个人，内心酸涩，反而会说不出话来。

尽管她伤心欲绝，可是，为了身上肩负的使命，也只能隐忍自己的感情，选择离开。

安妮打破了沉默，她望着乔说：“现在，我必须离开了。我走到街角，然后转弯。答应我，别看着我，把车开走，离开我，就像我离开你。”

她一转身，便再不能回头。

安妮知道，责任大于爱情。

凌驾于责任之上的爱情，是自私的，是缥缈的。如果一个人因为所谓的爱情，放弃了自己应该承担的责任，那么爱情的魔力也会因此消失，而爱情也会因此蒙上一层阴影。

回去之后，面对身边侍从的质问，安妮说：

“如果不是深知我对王室的责任，我根本就不会回来，永远不会回来！”

为了责任，她放弃了自己的爱情，放弃了让她怦然心动的那个人。

那个人，理解她，尊重她，带她体验了随心所欲的生活，给了她刻骨铭心的人生感受。

就像乔说的：人生总不如人愿的。没有完美的人生，也没有美满的爱情。

一天的罗马之旅已经结束了，而那场曼妙的相遇，遗憾的结局，也让安妮明白了责任的分量，成长的意义。

爱的最高境界，是成全

有人问：“无法与心爱之人相伴，和这辈子从未遇见过一个念念不忘的人，两者谁更遗憾？”

有人推荐了《罗马假日》，并说："那两个相爱却无法相守的人是笑着活下去的，尽管结果看似不甜，但实际上两颗心从此不再荒凉。"

只要真心爱过，内心便不再荒凉。爱过的光亮，足以照亮寂寂余生。

第二天的记者会上，有人问安妮："访问过这么多地方，最喜欢哪个城市？"

安妮回答说："罗马！不管怎么说，就是罗马。我将会永生永世珍惜我访问此地留下的回忆。"

当安妮的目光触碰到乔的时候，内心激动，却又强装镇定。

为了问候乔，她问候了在场的所有人。为了多看乔一眼，她迟迟不肯离去。然后，在泪水快要掉下来的时候，转身而去。

安妮离开了，这一转身，此生也许不再相见。

结局，没有缠绵悱恻的挣扎，没有撕心裂肺的哭泣，而是有一种哀而不伤的遗憾。

人生总是会有遗憾的，正是这些遗憾，才让我们不完美的人生，有了力量和厚度！

这段感情，因为各自的放弃和成全，而越发迷人。就像岁月陈酿的一杯老酒，在爱的时空里，发酵为永恒的深情。

爱到极致，是成全。

真正爱你的人，不会强迫你做任何事。他会理解你的苦衷，尊重你的选择。哪怕内心苦涩，也会选择成全。

爱的最高境界，是成全。

真正懂爱的人，是懂得放手的。他不会因为自己的私欲而占有，也不会强人所难，更不会给所爱的人带来麻烦和困扰。

有时候，拥有的未必是幸福。成全别人，也是成就自己。

有一种爱，叫赫本与派克

电影之外的奥黛丽·赫本和格利高里·派克之间，也有一段彼此成全，又相互珍惜的感情。

赫本，是“落入凡间的精灵”。派克，是“20世纪末最后的绅士”。

彼时，23岁的赫本只是初出茅庐的新人。而36岁的派克，已是多次获得奥斯卡最佳男主角提名的“男神”。

派克曾把海报主演的名字换成赫本，他说：“《罗马假日》是赫本的电影，我只是配角。”

赫本也凭借《罗马假日》夺得奥斯卡最佳女主角。领奖时，她激动地告诉世界：“这是派克送给我的礼物！”赫本与派克，也成为了公认的“最佳荧幕情侣”。

赫本的一生，感情并不顺遂。虽然每一次她总是努力经营家庭和感情，却都以失败而告终。

失落的赫本对派克敞开心扉：“在这个圈子里，婚姻真难维持啊！请你相信我……我本来想白头偕老，但太难了，太难了！”

派克也遇到过自己的不幸，他的长子在30岁那年自杀身亡，派克深受打击，闭门谢客。

得知消息，赫本从瑞士匆匆赶到美国，因为她的到来和安慰，派克也终于打开了心门。

两个人各自结婚、离婚，经历人生的起起落落与悲欢离合，互相成为彼此可以依赖、可以信任、可以慰藉的朋友。

这样的感情，也许不是爱情，却早已超越爱情本身。

1993年，优雅的赫本与世长辞。

赫本走的当天，派克读了一首泰戈尔的《永不止息的爱》，这是赫本生前最爱的一首诗：

仿佛我已以无穷的方式爱你无数次，
前生后世，岁岁年年，亘古的时间。
我的心魔咒似的一次又一次，
以歌反复重织爱的项圈。
你珍爱地将它变化着式样，戴在颈间。
……
所有的爱的记忆，
都融入到此刻我们对彼此的爱中，
而这爱之歌，将一直被每位诗人吟唱，
过去，永远……

真正的爱，从来不是占有，而是责任，是成全。

人类的所有感情，一经克制就变得高级，变得深沉，变得更加动人心魄。

用无穷的方式，爱你千千万万遍。

永不止息的爱，岁岁年年，亘古不变！

《半生缘》：爱而不得，何必执着

不悔梦归处，只恨太匆匆。

回首半生，恍如一梦。太多的人，太多的事，就在一次次的巧合中错过，再错过。

很多年前，我们曾经刻骨铭心爱过的那个人，早已淹没于岁月深处。曾经说好的一生一世，却只有半生情缘。

而这半生缘，其实就是一生。张爱玲在《半生缘》里写道："日子过得真快，对中年以后的人来讲，十年八年都好像是指缝间的事，可是对于年轻人来说，三年五年就可以一生一世。"

年少时读张爱玲的《半生缘》，只觉情深缘浅，造化弄人。如今再看，却发现每个人都有每个人的无奈。

曼璐与豫瑾，从青涩懵懂走到满目疮痍。几多悔恨，几多苍凉。

翠芝与叔惠，从惺惺相惜走到咫尺天涯。千帆过尽，物是人非。

曼桢与世钧，从两情相悦走到人生迟暮。时过境迁，空留遗憾。

有多少转身，是别人看不懂的情深

曼璐和豫瑾，从小一起长大，情投意合。彼此相知相惜，到了适婚的年纪，顺理成章地订婚。

那时的曼璐，也是一个对未来充满美好希望的羞涩少女。如果没有后来的家庭变故，她也会收获属于自己的爱情和婚姻。

父亲去世，家里的顶梁柱倒下了，母亲和奶奶不知所措，妹妹和弟弟们尚且年幼。痛定思痛，曼璐决定自己出去挣钱养活一家人。

真正走出去，她才知道，一个人，尤其是一个女人，养活一家人太难了。她没有办法，只能凭借自己唯一的优势——美貌去挣钱。她去做了舞女，以此供养弟弟妹妹读书，减轻母亲和奶奶的负担。

当她决定做舞女的时候，她便放弃了自己的尊严，甚至也放弃了自己的爱情。于是，她找到豫瑾退了婚，什么也没说，转身就走。

她流着泪走了。有多少浅浅淡淡的转身，是别人无法看懂的情深。

多年以后，他未娶，她未嫁，家人有意撮合。而她的内心，却卑微到了极致。她觉得自己已经配不上他了。

他说，他什么都知道，什么都不介意。她感动了，愿意为爱情再努力一次。豫瑾隐瞒了她做舞女的真相，做通了父母的工作。

两家人欢欢喜喜来到饭店一起吃饭，准备商量结婚的事。就在这时，几位风月场上的男人走了进来，认出曼璐，对她大肆侮辱。

曼璐几乎崩溃，她跑出来，跳进河里，想要把自己，把过去都洗得干干净净。

直到后来，遇到祝鸿才，并没有多爱，只是觉得自己需要结婚了。自己的后半生，需要依靠这个男人活下去。而豫瑾，也在朋友的介绍下，与一位贤良的女子结婚。

多么讽刺，如张爱玲在书中所写："有许多婚姻都是相爱的人不能结合，能结合的又不一定是自己的意中人。"

为了这个家，曼璐失去了爱情，失去了尊严，也失去了自我。她从来没有为自己活过。

后来的曼璐，变得越来越狰狞。这短短的一生，她经历了太多，也失去了太多。

只是她始终不明白：所有的女人，终有栖息之地，不是他人，唯有自己。

有多少人，败给了一个等字

翠芝和世钧在家人的安排下，结婚生子。

在别人眼中，他们郎才女貌，特别般配。然而，只有他们自己知道，无法与最爱的人长相厮守，是多么无奈。

新婚之夜，翠芝哭着问世钧："怎么办，我是不喜欢你的，你也是不喜欢我的，我们是不是已经太迟了……"

是的，已经太迟了。只是，曾经是来得及的。

那时的翠芝，大方开朗，骄傲洒脱。而这种独特的气质深深吸引着出身贫寒的叔惠。

幸运的是，翠芝也是爱他的。为了他，她收敛了自己的刁蛮和任性。

第一次一起划船，叔惠不小心把水溅到了翠芝身上。而翠芝却没有生气，只是轻轻擦拭一下。叔惠不禁感叹："至少她在我面前是一点小姐脾气也没有的。"

哪里没有脾气，只是因为爱，所以愿意温柔，愿意低到尘埃里。

翠芝是主动的，她爱叔惠，也知道叔惠对她的爱。但是叔惠却在心里筑起一道道防线，是地位悬殊，也是世俗的门当户对。翠芝，始终无法真正走进他的内心。

他心里觉得："他这样一个穷小子，她家里固然是绝对不会答应，他也不想高攀，因为他也是一个骄傲的人。"

因为他的骄傲和自尊，他选择一等再等，等事业有成，等他配得上翠芝……

有多少人，败给了一个等字。等工作稳定，等有房有车，等有时间，等有条件……等着等着，却等没了选择，等来了遗憾。

多少缘分，就在等待中，一点点消散了。等有一天再见面，已物是人非。

多年后叔惠和翠芝相见，回首往事，怅然若失。他娶的妻子，不过是她的影子。她每次听到他的名字，内心还是莫名地欣喜悸动。

一切都付诸岁月，一切都回不去了。

村上春树在《1Q84》里写道：

> 所谓人生，无非是一个不断丧失的过程。
> 很宝贵的东西，会一个接一个，
> 像梳子豁了齿一样，从你手中滑落。
> 取而代之落入你手中的，
> 全是些不值一提的伪劣品。
> 体能，希望，美梦和理想，
> 信念和意义，或你所爱的人，
> 一样接着一样，一人接着一人，
> 从你身旁悄然消逝。

这漫长的一生，我们终将失去。所以不妨大胆一点，勇敢一点。

在能牵手的时候，千万别松手。在能拥抱的时候，就别只是肩并肩。在能够相爱的时候，就好好去爱。

如果相爱，便携手到老；如果错过，便护她安好。

有多少爱，止于情深缘浅

世钧和曼桢，也曾是彼此爱到骨子里的那个人。

曼桢曾在寄给世钧的信里写道："我要你知道，在这个世界上总有一个人是等着你的，不管在什么时候，不管在什么地方，反正你知道，总有这么个人。"

哪怕分别多年，这封信一直被世钧夹在书里珍藏。一封封写满爱意的书信，陪他度过一个个思念如狂的黑夜。

如果他们订婚之后早点结婚，如果那次他们没有吵架，如果世钧没有轻信姐姐的话……他们的结局会不会不一样？

可是，没有如果。

那时的世钧，为了娶曼桢，对父母隐瞒了曼桢姐姐是舞女的事情。

但是对于曼桢而言，姐姐是无辜的，是她心中永远的痛。她不能容忍自己最爱的男人，瞧不起自己的姐姐。

吵架之后，曼桢摘下了订婚戒指，世钧生气离开。这次分别之后，曼桢开始了备受折磨的生活。

姐姐曼璐不能生育，为了稳固自己的婚姻，和丈夫祝鸿才一起算计曼桢，让曼桢为姐夫怀孕生子。

当世钧来找曼桢的时候，姐姐骗他说，曼桢已经嫁人。绝望的他回到南京，在家人的安排下结婚。

曼桢哭过，喊过，闹过，挣扎过，也自杀过。支撑她活下去的唯一信念，就是能再次遇到世钧。

当曼桢生完孩子，逃出来的时候，一切都变了。大雨滂沱中，她哭着问："世钧，你为什么要负我？"

十多年后，世钧和曼桢再次相见。他看着她，千言万语却不知从何说起。她看着他，只有眼泪模糊了视线。

两人走进了饭店的包厢，说起各自的经历，相拥痛哭。曼桢问世钧："你幸福吗？"

世钧红着眼说："曼桢，给我个机会，我们重新再来好不好？"

曼桢哭着说："我们回不去了，回不去了，回不去了，你不明白吗？"

很多相爱的人分开之后，就再也回不去了。即使再爱，也没有了合适的身份和理由。

我们都在各自的生活里，体会着自己的悲欢离合。在遥远的回忆里，重复当年的爱意和温柔。

感情这件事，曾经尽全力去爱了，如果到最后还是没能在一起，大概真的是没缘分吧。

半生错过，缘尽此生。半生缘，亦是一生情。

爱而不得，何必执着

张爱玲说："生在这世上，没有哪一种感情不是千疮百孔的。"

尘世间，有太多的爱而不得，有太多难以弥补的遗憾。遗憾，才是人生的常态。

爱情之所以美好，就是因为它如月亮一般，有盈有缺。有时候，让人念念不忘的正是这份残缺的美好。

人生总会遇到两个人，一个深深相爱却只能相忘于江湖。一个吵吵闹闹却相伴到老。

年深月久，爱早已超越了热情，成为了生活的一部分。再深的爱，也终会与岁月和解。

有些感情，爱过就好，并非一定要天长地久。就像曼璐和豫瑾、翠芝和叔惠、曼桢和世钧。不管他们当初爱得多么缠绵悱恻，错过就是永远地错过了，而在他们的身边，也有了陪伴一生的人。

往后余生，可以怀念那个相忘于江湖的人，但更需要好好珍惜身边相濡以沫的人。

爱而不得，何必执着？愿所有的爱，都被深情以待。

你在，我在，便是最好的时光

张爱玲曾说：“回忆这东西若是有气味的话，那就是樟脑的香，甜而稳妥，像记得分明的快乐，甜而怅惘，像忘却了的忧愁。”

回忆，永远都是这般惆怅，甜而忧伤。想起那些美好的事情，会有些淡淡的遗憾，可惜已经结束了。想起那些不好的事情，也会有些难以释怀，伤心难过总是在所难免。

那些忧愁与快乐，记得也好，忘记也罢，早已印在了生命的底色上。在时光的更迭之中，恰如樟脑的香，挥之不去，才下眉头，却上心头。

那一抹樟脑的香，恍惚间飘入夏日黄昏的细雨中。丝丝缕缕，无声地洒落在盛夏的光阴里。

雨，落在荷叶上，像是荷花不经意流出的眼泪。那泪光，晶莹剔透，仿佛在诉说一段老去的旧时光。

雨丝含情，脉脉不语。一帘烟雨，勾起心底的那一丝落寞。想起很多往事，大多都是不开心的。想起一些故人，大多都是，初见如故，走着走着却走散了的。

想着想着，忽然有些伤感了。不知道是自己没有好好珍惜，还是缘分已尽，半分不由人。那些说好同行的人，走过花季雨季，却最终遗失在红尘渡口，不再回来。如烟的往事，散落一地凄凉。

有人说，生命中没有无缘无故出现的人。有的人，遇见就已经惊艳了时光，温柔了岁月。不是每个人都会陪你走到最后，有的人只是为了陪你走一程路，看一段风景。

山一程，水一程，走过山水迢迢，看过迤逦芳华，终会在某个渡口离散。你有你的追求，我亦有我的方向。

这是成年人的无奈，却也是生命的常态。

想起林徽因的一句话："很多人不需要再见，因为只是路过而已，遗忘就是我们给彼此最好的纪念。"

只是路过，不必说再见，遗忘便是最好的纪念。就如一朵花路过春天，绽放是它的使命，凋零是它的宿命。不必遗憾，不必叹息。

落红并非无情，也许下一个春天，它依旧会开满枝头，花香沾满衣。

风住，雨止，夜色清凉如水，空气中弥漫着草木的清香。

倚坐窗前，泡上一盏茶，读一卷闲书。昏黄的灯光下，茶韵幽幽，墨色染香，会心一笑，醉了流年。经年往事，在茶烟缥缈中，慢慢晕染，越来越轻，越来越淡……

不恋浮世繁华，不问今夕何年。在尘世里幽居，让茶叶也在杯子里浮沉，让绿意在盛夏里葱茏，让文字在诗意里生香。

世事似风，了然无痕。时光如茶，或浓或淡。人生的旅途，走走停停，且聚且散。若不能再继续携手前行，便祝各自安好。

聚时就深情以对，散时便无怨无悔。不说再见，不说永远。只轻轻道一句"谢谢"。谢谢你我红尘陌上有缘相逢，谢谢你曾温暖我的生命，谢谢你陪我一起欣赏沿途绝美的风景。

将曾经的美好，妥帖安放。将岁月的温暖，深深收藏。

你在，我在，便是最好的时光！

最是一年春好处，莫负时光莫负春

我喜欢这个时节的春天。

天越来越蓝，云越来越柔软。阳光暖暖的，空气里，到处弥漫着甜甜的花香。桃花，梨花，杏花，玉兰花……像是赶趟儿似的，争先恐后地绽放着。

春，用一支神奇的画笔，轻轻勾勒桃红柳绿的缤纷画卷。朵朵芳菲，俏丽于岁月的枝头。点点新绿，装点枯木逢春的人生。

把眼睛闭起来，不去想无关紧要的事，去听听风吧。听风带来春暖花开的消息，听风把爱和希望播撒在每一寸土地，听风摇落阵阵花雨，馨香铺满径……

风，吹绿了叶子，染红了花朵。鸟儿换上新的羽毛，飞过树林，飞上山冈，去聆听春的呢喃。

春水融融，柳色新新。莺歌燕舞，花开倾城。行走在最美的春光里，沐浴杨柳春风，醉看杏花微雨。

最是一年春好处，陌上花开草色新。给生命涂上一层姹紫嫣红的春色，盈一抹微笑，踏春前行。把乍暖还寒留给过往，把温暖明媚留给明天。

这个时节的春，有一种浩浩荡荡的美，美得盛大，美得张扬，美得短暂。像烟花，像青春，又像爱情。

绚烂到极致的美，让人感动又伤怀。有时，站在落花的树下，竟有一种想哭的冲动。

夜色里的春，清凉如水，花香撩人。月光下的一抹新绿，宛若谦谦君子，温润如玉。月影下的花儿，像是身披薄纱的少女，温柔娇俏。

一朵花，一片叶，一溪云，一轮月。光影斑驳，没有风，却感觉阵阵温凉，来自你眉峰之下的眼波。静谧的夜，如此美好。

趁着最美的春色，或赏花，或品茶，或读书……如此惬意春光，如此良辰美景，莫辜负。

春风暖暖拂过，打开了一扇扇半掩的心扉。天蓝蓝，水清清，阳光也格外明媚。这是春天赠予我们的深情。春天真的可以让一切希望与美好尽在不言中。

武汉的樱花，伴着春的希望，如约开放。寻一缕芬芳，唤醒所有美好的渴望。听一树一树的花开，盈暖香满怀。

“彼时当年少，莫负好时光。莫待经风雨，樱花落海洋。”莫负大好时光，莫负怡人春色。

梨花似雪胜旧年，翩翩花雨随风落。唯有爱，被写意成春天里的圣洁，诉说着内心深处的眷恋。

东风如解意，春深花似海。遇见最美的春天，遇见你。

我偏爱春天，爱着春天的暖阳，浅浅的花香，和动人心扉的你。

邀一缕春风，吹醒一树一树的桃花。那些经年的深情，化作点点绯红，绽放在春的枝头，簇拥在春的眉眼里，婆娑生香。

我在最深的春色里，种下一陇相思，和春天一起生长。我在一帘清幽的月色里，种花也种树，只为与你相遇。

青青子衿，悠悠我心。你伫立在岁月的彼岸，浅浅的一个回眸，拉长了我的思念。

每一次风起花落，都是我不变的守候。蘸一池春色，写一封长长的信，寄给你。

想要问问你，哪一条路通往你的心里？我在岁月的渡口，打捞细瘦的思念。你微笑的脸，漫过山长水阔，是我心中最美的画卷。

春天该很好，倘若你在场。陌上花开，等你缓缓归。

等风来，等花开，等草绿，风细柳斜是归期。是的，春风十里嫣红姹紫总有归期。

在风烟俱静的庭院，折一枝细柳，挽一缕花香，温一壶老茶，等你踏香而来。

以光为引，以花入画。这个春天，携着香，温着暖，把所有的美好，一一拼凑，送给你。

愿你不负春光，不负自己！

风有约，花不误，岁岁如此，永不相负

时光如织，光影如流。端坐在春天的门槛，任清风拂过素色裙裳，留下温柔的涟漪。

春风过处，吹绿了枝丫，染红了花朵。风是柔柔的，天是蓝蓝的，阳光是暖暖的，连心情也变得明媚起来。春的气息，越来越浓了……

春，是一种温柔清新的美。无需刻意逢迎，只一眼，便彻底喜欢。

春风叠起一层层萌动的绿意，春雨洗刷零落一地的尘埃，春芽蓬勃沉寂一冬的希望。

春，是一首“夜月一帘幽梦，春风十里柔情”的诗，温婉静美。春，亦是一支“春江潮水连海平，海上明月共潮生”的歌，清远悠长。

剪一段春光，可抵岁月漫长。当经年往事结了厚厚的茧，那些枯藤老树，那些小桥流水，那些阳关故人，都被晕染进一池春色里，滋养岁月情深。

始终相信，走过平湖烟雨，历经日月山河，那些内心有旖旎风光的人，定能花开成景，花落成诗，温柔地与岁月相伴。

人生最美好的事，便是和喜欢的人，一起踏遍春色，尝尽烟火。把万水千山的风景都看透，把似水流年的光阴都看淡。走过一路风雨，用微笑迎接明天。

相逢，恍若下了一场桃花微雨。在时光无涯的洪荒里，没有早一分，也没有晚一分，在恰好的时光，遇到恰好的你。遇见你的眉眼，如清风朗月，顾盼流连。

前世五百次的回眸，才能换来今生的擦肩而过。一次回眸，是历经千年的等待。一次邂逅，便注定了一生的守候。

花开花落，缘聚缘散。这风尘仆仆的世间，唯有爱，不可辜负。

有一种爱，是春风化雨，滋润了心田。素笔着墨，轻轻勾勒春花烂漫的模样。你若在，便是人间最美的春色。

有一种情，是心底深深的眷恋。纵使时光流转，沧海桑田，你依然是开在心陌的春蕾。灼灼桃花十里，只取一朵放在心上。

有一种缘，是思念久了，便会重逢。清清浅浅的思念，拂过素锦流年，恍若雨打芭蕉，醉了一世情长。

思念，是一树一树的花开。丝丝缕缕的花香，弥漫心间陌上。每一寸春光，都变得柔软起来。时光无痕，风会记住每一朵花的香。

情愿，在这一季的春暖花开，许下素简清欢的念想。不言不语，不急不躁，安安静静地感知生命里所有的爱恋和疼惜。你若懂得，便是慈悲。

将所有的心事，妥帖安放于淡青色的烟雨中。待花开倾城，唤醒所有的爱。在岁月的枝头，摇曳生香。

席慕蓉在《盼望》里写道：

如果能在开满了栀子花的山坡上
与你相遇　如果能
深深地爱过一次再别离
那么　再长久的一生
不也就只是　就只是
回首时
那短短的一瞬

我依然相信“有情人终成眷属”的款款深情，就像我知道，这个春天，一定会苍翠满目，花开满枝。

花事未了，山河依旧。我在岁月的渡口，种下一路花香。风有约，花不误，岁岁如此，永不相负。

我与春风皆过客

秋风清清，黄叶落地。秋雨阵阵，山渺云低。

雨，淅淅沥沥，洒落层层涟漪。滴滴答答，拍打着泛着冷光的窗户。

一场秋雨，惊扰了谁的清梦？一阵寒凉，携风带雨，朝我奔涌而来。

我独倚窗前，双手环抱着，看风，也听雨。那阵阵凉意，霸道地钻入我的怀里，丝丝缕缕，只抵内心最深处。彻骨的凉，才下眉头，却上心头，挥之不去。

一阵秋雨一阵凉，一瓣落花一脉香。雨落清凉，带着浅浅淡淡的花香，混合着草木泥土的清香。秋风裹着细细的雨丝，轻弹一曲雨落情长。

雨雾也变得朦胧起来，像是软糯糯的心事，飘忽不定。望着那些缥缈的雾气，眼角，竟有些湿润了。

湿润的，何止是眼眸？还有那颗凌乱的心。想起那些无处安放的哀愁。想起那些不经意的别离。

有时候，真正的离别，往往是悄无声息的。从最初的无话不谈，到后来的冷漠敷衍。可能在某一瞬间，攒够了失望、无奈和落寞，忽然间就明白了离别的意义。

没有长亭古道，没有杨柳依依，没有阳关故人，没有劝君更尽一杯酒。就在风吹雨落的某个时刻，就在放下执念的那一瞬间，释怀了。

有句话说："世界上最好的放生，就是放过自己，放下执念，才能更好地前行。"放下执念，放过你，还你自由。也放过我自己，还我自信与笑容。

终于明白，不是所有的事情，都要有一个完美的结局。不是所有的相逢，都有归期。有的人，只是路过你的生命，陪你走一程。有的事，只是为了磨炼你的心志，教会你成长。

细数荒芜人生，又有什么是永恒的呢？贪嗔痴念，缘起，便终会灰飞烟灭。

每次读到冯唐的这句诗——“秋天短到没有，你我短到不能回头”，内心便是一阵难过，伴着酸涩的味道，久久说不出话来。

一年四季，只有秋天最短，短到没有。就如你我之间的缘分，匆匆一瞥，便没有踪影。似一只秋天的蝴蝶，色彩斑斓，飞向未知的远方。

缘聚缘散，似乎早已注定。缘来缘去，真的半分不由人。

故事的开头，适逢其会，猝不及防。故事的结局，心灰意冷，默默无言。说好的，不负遇见，相知相惜。最后却是，一别两宽，各自欢喜。

不追问，不解释，是心照不宣的沉默，是突然走散的无奈，也是一种冷若秋霜的默契。

动心时，万物复苏，百般欢喜。放下时，销声匿迹，随风散去。

一个转身，风停，雨止，凉意犹在。悲喜与我，皆成过客。

这样也好。该来的抵挡不住，该走的无法挽留。生命的际遇里，总是有遗憾的。而当我们回首往事，也许，遗憾本身已经不再是遗憾。宛如一杯岁月酝酿的老茶，厚重绵滑，闻之即醉。

此去经年，时光的深处，也许总有那么一个人，每当想起，心里依旧很暖。明媚忧伤，浅浅收藏。

淡淡的回忆，淡淡的念想，淡淡的忧伤，唯美了整个秋。

我与春风皆过客。彼此驻足，只是短暂的一瞬。随即便要转身天涯，走向山长水阔。春风终散尽，星河各一方。

往后余生，风雪不再是你，春华不再是你，秋实不再是你，脉脉深情亦不再是你。

即便如此，我依然祝福你。愿岁月温柔待你，愿你一切安好！我，亦安好！

灵魂之爱，爱的最高境界

这世间最真最纯，最深情最缱绻的爱，便是灵魂之爱。

所谓的灵魂之爱，是两个灵魂的彼此吸引和欣赏，是心与心的疼惜与懂得，是超越红尘之外的守候与惦念。

但凡灵魂相似的人，一朝相识，便似故人归来。就像贾宝玉初见黛玉，便说了句：“这个妹妹，我好像哪里见过。”彼时初见，惊鸿一瞥。往后余生，念念不忘。

所有的相遇都是久别重逢。茫茫人海，有的人擦肩而过。有的人，倾情相伴。有的人，爱恨蹉跎。

直到遇到那个与灵魂契合的爱人，灵魂相依相恋，生命得到滋养。犹如花儿遇到阳光雨露，绝美绽放。不管是近在咫尺，还是隔着万水千山的距离，都有心照不宣的默契。

美国小说家詹迪·尼尔森曾说：“遇见灵魂伴侣的感觉，就好像走进一座你曾经住过的房子里，你认识那些家具，认识墙上的画，架上的书，抽屉里的东西。如果在这个房子你陷入黑暗，你也仍然能够自如地四处行走。”

灵魂伴侣，就是那个在茫茫人海中，与你相知相惜的人。那个人，似乎是另一个自己，甚至比你更懂你自己。

那个人，欣赏你的优点，包容你的缺点。那个人，懂你温柔背后的坚强，明白你眼泪之下的辛酸。那个人，仿佛是为了你而来，听你声声倾诉，为你指点迷津。

你的生活，多了一些温暖和明媚。你的生命，多了一些价值和意义。

一朵花可以唤醒一个春天，一片叶可以感知一个秋天。一个灵魂，亦可以抵达另一个灵魂。潜藏内心深处的力量，全然被唤醒。那个平凡而真实的自己，找到另一个灵魂默契的自己。

徐志摩说："我将于茫茫人海中访我唯一灵魂之伴侣，得之我幸；不得，我命。"一个人，要何其有幸，才能遇到灵魂伴侣？

灵魂伴侣，只有心中有爱，有智慧的人才会拥有。这样的灵魂伴侣，与年龄无关，与身份地位无染。

就像张爱玲遇到风烛残年的赖雅，惺惺相惜，不离不弃。就像三毛遇到年轻帅气的荷西，怦然心动，爱在撒哈拉。

灵魂之爱，是爱的最高境界。这种爱，可以是伉俪情深的夫妻，携手到白头。就如杨绛和才华横溢的钱钟书，两情相悦，长相厮守。也可以是一生一世的知己，肝胆相照，推心置腹。正如奥黛丽·赫本和纪梵希，彼此懂得，一生守护。

灵魂之爱，或许早已超越了爱情本身。它是彼此之间"心有灵犀一点通"的默契，是"才下眉头却上心头"的思念，是"金风玉露一相逢，便胜却人间无数"的缱绻，亦是"曾经沧海难为水，除却巫山不是云"的深情。

正如有句话说的那样：最好的爱，走到最后，其实是灵魂的相依为命。

灵魂之爱，是可遇不可求的缘分。

大抵这世间所有的美好，都需要一点点运气。灵魂伴侣，亦如此。也许一场相遇，就已经耗尽了所有的运气。

灵魂之爱，有时无关风月，无关暧昧。只是情感的另一种表达和寄托。

没有灵魂的爱，是浅薄的，孤独的。随着时光的流逝，爱也会慢慢变淡。而灵魂之爱，却可以和时间一起成长，永不凋零。

灵魂伴侣，陪你走过人生的起落，难过时给你慰藉，失意时给你鼓励，开心时陪你欢笑。不矫情，不做作，不痴缠，彼此都保持独立的空间，努力成为更好的自己。

有时间了，可以畅所欲言。没有时间了，就忙好自己的事情，把思念深藏心底。无论何时，你只要知道，总有一个人，在默默地鼓励你，支持你，想着你，就够了。

在某个秋日的午后，你望着窗外纷飞的落叶，心中想起那个灵魂深处的人，莞尔一笑，心里升腾起缱绻的柔情，和暖暖的爱意。

这份情，如明月清辉，洒满心间。这份爱，彼此守望，熠熠生辉。

这荒芜的世间，没有什么是永恒的。唯有灵魂之爱，天荒地老，不幻不灭。

人生，得一灵魂伴侣，足以温暖整个生命。灵魂之爱，若遇见，请一定要好好珍惜。不负此生，人间值得！

愿所有的深情，都被温柔以待

生命中，总会有一个人，猝不及防闯入你的生命。

毫无防备，毫无征兆，就这么遇见了。无需邀约，便似故人归来。

桐华说："世界上有许多种遇见，最美好的，莫过于，在我最美的时光里与你相遇。"

其实，最美的，不是在我最美好的时光里与你相遇。而是和你相遇，唯美了我所有的时光。

遇见，恍若一朵莲花，开在幽静的心田。低头，不胜凉风的娇羞。

你，跋山涉水而来，带着四季的清风和花香，背着远方和诗意的行囊。走过一路泥泞，看尽繁华蹉跎……

我不知道，你何时会来到我的身边。但我知道，你已经向我走来，很久了。

遇见，也许是一场宿命的轮回。所有的过往，都是一场等待。所有的等待，都是为了这场命中注定的遇见。

你来了，便是最美的遇见。有一句话说："世间所有相遇，都是久别重逢。"而我，宁愿相信，我们前世有约，所以，今生注定遇见。

遇见，不问前缘，不说归期。我明白，你有你的行程，我有我的方向。今生相遇，便耗尽了我所有的运气，请一定要好好珍惜。

于千千万万人之中，遇到那个人。没有早一步，也没有晚一步，就这么遇见了。恰好你来，恰好我在。

而我们什么都不用做，就这样站着，默默注视彼此，就已经十分美好。一眼万年，望眼欲穿。

近日连绵细雨。雨里雾里，都是你。一场秋雨过后，天气也有了一丝凉意。

秋风，挽起发簪，调皮地飞舞着。发丝拂过脸颊，软软的，痒痒的。

我独坐窗前，泡上一盏香醇的普洱。红红的茶汤，香香的，暖暖的。是的，如你一般，温暖我心田。

曾经，我很怕秋天。因为秋天一到，就意味着冬天不远了。而我，如此害怕寒冷。所以，我一再躲避秋的萧瑟，冬的清冷。

而你，如一盏暖茶，让我慢慢习惯，慢慢喜欢。这喜欢，是浅浅淡淡的喜欢，如秋叶一般静美。这喜欢，更多的是欣赏，是懂得，是温凉的慈悲。

我们站在不远不近的距离，默默关怀，默默祝福。尊重自己，也呵护彼此。

生命中，我们也许会遇到很多很多的人。有的人，一见如故。有的人，情深缘浅。有的人，短暂停留。有的人，擦肩而过。

所有的遇见，都是缘。遇见，不问缘深缘浅，不说缘聚缘散，只言珍惜，不诉离殇。

每个人，都是孤独的。因为遇见，便有了故事，有了开始，有了美好的时光。如同风遇见叶，便有了秋意绵绵，情丝万千。

带着一颗感恩的心，去对待每一次遇见。不管最后的结局是无疾而终，还是默默相伴，都是今生难得的缘分。好好珍惜吧，因为无论喜欢还是不喜欢，爱或不爱，下辈子也不一定会相遇了。

始终相信，生命中没有无缘无故的缘分。每一次偶然，都带着相遇的必然。有缘的人，即使远隔千里，也一定会走过四季风霜，遇见你。无缘的人，哪怕近在咫尺，也会擦肩错过。

花开花落，聚散有时。因为有你的出现，我的人生不再孤单。

缘，妙不可言。该来的，抵挡不住。要走的，强求不来。一切都是冥冥之中，自有注定。别慌，别怕，别埋怨。不痴，不念，不纠缠。随心随缘，顺其自然。

正如村上春树所说："每个人都有属于自己的一片森林，也许我们从来不曾去过，但它一直在那里，总会在那里，迷失的人迷失了，相逢的人会再相逢。"

遇见，或早或晚。缘来，不喜。缘去，不悲。红尘陌上，感恩遇见，不负不欠。

我只愿，所有的遇见，都被好好珍惜。

我只愿，所有的缘分，都被深情相拥。

我只愿，所有的深情，都被温柔以待。

一半素心以清简，一半寂静许清欢

四月的春天，有一种不动声色的温柔。

花儿一朵一朵地开，开至荼靡。叶子一寸一寸地绿，绿得迷人。

缤纷的晚樱，好似黄昏的云霞，浩浩荡荡，绵延不绝。粉色的花瓣，一层裹着一层，像是裹着欲言又止的心事，被风儿轻轻一吹，撒落一地娇羞……

心，也变得柔软起来。

生命中，所有的美好都是短暂的。如眼前的这一树樱花，如这个美丽的春天，如那一场曼妙的相遇，如记忆中渐渐远去的爱情。

但这份美好，依然值得眷恋，一刹那足以惊艳，足以销魂。

窗外，云雀声声，那声音染着嫩芽的青绿，如淙淙流水，灌过耳朵，流进心房。

人间最美的春色，不用呼唤，只轻轻地闭上眼，放空自己，它就来了，驻进心里。

往后的时光，不管是豪情万丈，还是兵荒马乱，都有一股力量，支撑着，滋养着。

纵然时光无情地跨越山海，穿透我的身体。但我依然可以在时间之外，云淡风轻地从容着。

以最素淡的方式，安静地活着。

生命的开始，是花开一般的盛大，鲜衣怒马，热烈蓬勃。生命的归宿，是花落一般的静寂，岁月静好，细数流年。

喜欢用花来比喻生命，因为喜欢花的那份态度。每一朵花，都是有质感的生命。

一朵花从不嫉妒另一朵花，它只是在自己的花期里，安安静静地绽放。

春天那么美，花那么美，你也那么美。美得张扬，美得潇洒，美得不顾一切。

不卑不倚，不慌不忙，尽情地做自己。哪怕花期短暂，哪怕风雨来袭。尽情绽放，肆意洒脱。

把诗经的桃夭，眉间的朱砂，眼里的星河，眸里的烟雨，一一放逐，而后停泊在四月的嫣然里，豢养一段又一段的春光。

花开是画，花落成诗。待花事落尽，便淡然收场。没有遗憾，没有惋惜。从容着，微笑着，接受一切，与岁月相融，与时光和解。

在一个落花的黄昏，寄一封花信给你。信里无需写一个字，只一朵梨花白的思念，一片樱花粉的眷恋，一串紫藤萝的祝福。

让所有的浪漫，都与你惊鸿相遇。让所有的美好，都一一抵达。

一袭素简，两人三餐，在岁月的宣纸上，涂抹爱的四季。将那些生命里的暖，骨髓里的念，妥帖安放。

汪曾祺在《人间草木》写道：

> 我念的经，只有四个字："人生苦短"。因为这苦和短，我马不停蹄，一意孤行。

人生苦短，春天更短。所以呀，要奔赴，要拥抱，要热爱，且听松风，花间饮茶。

慢慢地，把自己活成老茶的模样。褪去青涩，褪去浮华，褪去张狂。岁月把安静平和随手相赠。时光里的味道，香而不冽，宁而醇绝。

没有太多的悲喜，也没有太多的挣扎。眼眸清澈，内心温柔。远离繁华和喧嚣，寻一方清幽，渡一程芳华。

人间理想，活成自己喜欢的模样，素净而温和，深情而谦卑，不说沧桑，不惹尘埃。就这样，素净清雅地活着。

所有繁华终成过往，所有喧嚣终会宁静。

陌上流年，风烟俱净。一半素心以清简，一半寂静许清欢。

于岁月深处，浅笑安然。

风住尘香花已尽，清风明月两相依

陌上春色，万紫千红皆开遍。

一池春水，一树花，一缕斜阳，一道霞。

季节的晚风，拂过诗经里的蒹葭苍苍，穿过唐诗里的别枝明月，吹过宋词里的绿水芳草，走进一季诗意的清浅……

一阵恍惚，已是暮春时节。花事渐渐散尽，映入眼帘的是点点青黄，片片青绿。

黄绿，青绿，翠绿，浅绿，深绿……种种绿，都是暮春的色彩。心，也染上了层层绿意。

鸟鸣声声，阵阵悦耳。清脆的声音，包裹着盎然的绿意，如一泓清泉，潺潺流淌，清澈无染，素净明心。

脚步也变得轻盈起来。一路前行，一路遇见……

有时候，跋涉千山万水，也只是为了遇见一个人，一个惺惺相惜的灵魂。千言万语，不必说，不可说。

不经意的回眸，便懂你的会心一笑，懂你的欲言又止，也懂你内心的彷徨与脆弱。且，心疼你，拥抱你。

这样的一份懂得，足以温润仓促的似水流年。

山一程，水一程，我追赶着光阴，一直走。

路过的风景，有叶色渐渐青苍的树，有在风里微微摇曳的花朵。我都珍惜着，典藏着，滋养岁月情深。

一袭落花，轻轻叩开岁月的门楣。花，似雨滴一般，一瓣一瓣地落下。唯美了曾经，惊艳了流年。

恍若那一场美丽的相遇，妖娆了陌上的浮云风月。

有句话说：“世间一切，都是遇见，就像冷遇见暖，就有了雨，春遇到冬，有了岁月；天遇见地，有了永恒；人遇见了人，有了生命。”

而我遇见你，便有了相思，有了闲愁。

桃之夭夭，春风十里，盈盈花香的韵致里，是惊鸿一瞥的心动。

月色敲窗，风舞清影，暗夜低垂的夜色里，是长夜未央的思念。

风染花香，疏影横斜，幽幽暗暗的岁月里，是花开花落的相依。

最好的遇见，便是春光正好，微风不燥。你恰好来，我恰好在。

最好的遇见，也是一缕清风，跌落花间，在花影徘徊间，拥抱月色。

最好的遇见，必是经历了时光的洗礼，岁月的等待，纵然风雨侵袭，依旧初心不改。

如同暮春里一片一片的绿，满心欢喜，春色迤逦。

如若可以，在白云深处，种花酿酒，在这烟火人间，与你贪恋一场。

如若可以，就用我低眉的温婉，邂逅你门掩芳菲的等待，细数一季又一季的落花缤纷。

待笙歌落尽，共你一世风雅。静守清欢，安度流年。

此生遇见，便是最美的缘。所有的遇见，都是命中注定的情缘。

白落梅说：“缘分这个词，被千万个人，说过千万遍。它古朴亦清雅，深情亦疏淡。可任何时候，它都是那么美丽，那么恰到好处。”

缘，是千娇百媚中的一枚绿意，是繁华三千的一抹清凉。

缘，是花落归尘的轮回，诉说着代代流传的故事。缘，是一弯明月的清辉，抚慰着地老天荒的诺言。

听一处花开，遇一人白首。此去经年，不负岁月，不负遇见。不问归期，不诉离殇。

许花海一片，芬芳生命的四季。

许流年无恙，风住尘香花已尽。

许岁月静好，清风明月两相依。

以浅浅淡淡的心境，过素简安宁的生活。

在时光无涯的洪荒里，等待一场温柔如春风的相遇，期待一场安静若秋水的相守。

真正的自信与优雅，是深藏于内心的气质与修养

“林花谢了春红，太匆匆。无奈朝来寒雨晚来风。”每到暮春时节，总是莫名地想起南唐后主李煜的这句词。

林花匆匆，春也匆匆。恰如那些随烟波流转的往事，随风成尘，飘散在岁月的长河里。

曾经喧闹的春意，也一下子安静下来。

百花落尽，唯有香如故。花开花谢，月圆月缺，都是命定的因缘际遇。如同四季轮回，无需听从谁的旨意。

自顾自地生长，自顾自地幻灭，任性且倔强，薄凉又深情。

回忆，如同风中凌乱的花瓣，渐次飘落。成了岁月里的断词残章，一阙离歌。

是不是过往的忧伤，也会被雨打风吹去？是不是所有的烦恼，也会随着暮春的乱红，渐渐散去？

我不知道答案，只将一切交付于时间。时间，不言不语，却有治愈一切的力量。

几场春雨过后，柳色更加清新。浅浅的青绿，还带着一丝朦胧的水雾，烟笼簇簇，湿润淡雅。

窗前，翠绿色的叶子，在枝头随风摇曳。如同翻滚着的海浪，滔滔不绝。

葳蕤的绿意，疏疏篱落。雨后的阳光，温柔地抚摸着万物。疏影横

枝，也染上了层层温暖的橙黄。

时光交错，令人恍惚。

青云打湿诺言，山和水亦可以两两相忘。红尘陌上，终要一个人行走，一个人的浮世清欢，一个人的细水长流。

佛说，人生有七苦：生、老、病、死、爱别离、怨憎会、求不得。

人生之苦，大多源于执念。执着于什么，就容易被什么所束缚。

有人执着于名利，匆匆忙忙，奔赴于形形色色的名利场。等有一天，不得不停下来的时候，却发现人生错过了太多的风景。

有的人痴念于情爱，相爱有时，离别有时，痛苦亦有时。本以为，爱情能够填补生命的遗憾。到头来，制造更多的遗憾的，却是恼人的爱情。

我们总是追求世间的种种美好。却忘记了，苍海沧田，风云变幻。人世沧桑，世事无常。

此时风光，不代表一直风光。此时落魄，不代表一直落魄。此时拥有，也不代表永远拥有。

有时候，得到的越多，容易失去的就越多。不如简简单单，随心所欲。

一个人，一本书，一窗景。不与人相争，亦不被情所困。

人生本过客，何必太执着？与其对烦恼念念不忘，不如放下一切杂念。

把繁冗复杂删去，把爱恨往事清零。过去种种，于当下而言，已经毫无瓜葛。

到了一定年龄，越来越喜欢简单的生活。很多事情，慢慢学会看淡。太过执着于表相，便容易被迷惑心智。

繁华三千，唯真不破。褪去浮夸，才能守住本心。

白落梅说："选择一种适宜自己的生活方式，随心随性，不刻意，不迎合。我相信，深藏于心的自信与优雅，远胜过外表的浮华和光鲜。"

这也是我喜欢的生活方式。不攀附，不逢迎，不委屈，亦不强求。顺其自然，做自己真正热爱的事情。

外在的浮华，都是虚张声势的。真正的自信与优雅，一定是深藏于内心的气质与修养。

很多事情，经历过，才会懂得。失去过，才会珍惜。繁华落尽，才能温和淡定。

时光的历练，岁月的打磨，都会让我们越来越丰盈，越来越潇洒。

纵然尘世飘零，依旧无忧无惧。

纵使年华不在，依旧优雅向晚。

纵然风雨侵袭，依旧自信从容。

心怀朴素，自有高贵

逝水流年，往事如烟。多少繁华终落幕，多少沧桑付笑谈。

当繁华落尽，一切归于平淡。才恍然明白，自然的、朴素的、淡雅的事物，才是最美的。

庄子说：“朴素而天下莫能与之争美，淡然无极而众美从之。”朴素，是每个人生而有之的美好与高贵。

素，是“清水出芙蓉，天然去雕饰”的朴素。淡，是“行至水穷处，坐看云起时”的淡然。

大道至简，静水流深。这看似深邃的世间万物，其实都是简单有序地生长着，简约平凡，朴素安然。

朴素，是一种极致的美

朴，是返璞归真。素，是简约自然。

朴素，是在万千繁华中，不断做减法，修得一份原始的、纯粹的、素雅的美。

一枝白荷，亭亭净植，出淤泥而不染，清冽冽地立于水中，是素净高雅的美。

一袭素衣，不染纤尘，袅袅婷婷，翩然而来，是清逸出尘的美。

感受人世间的美，大多来自于一颗朴素的心。一切的繁冗复杂，都在朴素中一一淡去。

一颗素心，蕴藏着清风明月，诗意山河。恰如“兰之猗猗，扬扬其香”。素心做人，如幽兰一般清香淡远。

不浮躁，不张扬，不抱怨，在如水的素淡中，追寻最真实的自己，盛开内心的繁华。

这份素静，宛如清潭映月，清寂，空明。任风吹，任雨打，内心依旧澄澈。

朴素之美，是古朴自然，是抱朴守拙。如一盏老茶，铅华洗尽，苦涩褪去，只留下淡淡的香醇，淡淡的回甘。细细品之，只觉时光温良美好，岁月从容不惊。

又如一座老庭院，没有富丽堂皇的装修，没有高端奢华的家具，却在岁月的打磨中，越发地素朴雅致，娴静端然。只一眼，便温柔了眼眸，滋润了心田。

朴素，是一种极致的美。三千繁华，终归朴素。

朴素，是一种境界

南怀瑾说：“三千年读史，不外功名利禄；九万里悟道，终归诗酒田园。”

陶渊明归隐田园，远离尘世的樊笼，与世无争，淡泊名利，采菊东篱下，悠然见南山。

苏东坡后半生颠沛流离，几经浮沉，早已看淡了人世间的浮华与沧桑。淡看荣辱，笑对人生。

人活到极致，是朴素。朴素，是一种境界。

人生需要不断地做减法，成长的过程，便是删繁就简，追求简单朴素的生活。

减法生活说：“极致的人生，一定是素与朴。”

减去过多的欲望，多了灵魂的丰盈。减去攀比和虚荣，多了踏实和安心。减去算计与欺骗，多了真情与温暖。

心素如简，人淡如茶。把时间和精力专注到自己热爱的人和事上，让精神回归诗意田园，让灵魂走向星辰大海。

朴素的人，心无杂念，坦诚而真实。朴素的生活，自在清静，简单快乐。

不过于追求奢华，不留恋太多物质，简简单单地生活。辽阔的生命里，总会有几朵祥云为你缭绕。

做一个内心朴素的人，从从容容过余生。

心怀朴素，自有高贵

一个人最真实的样子，是朴素。

三毛曾说："我喜欢天下一切平和、朴素、谦虚的人，无论个性是否相近，都没有太大的关系。"

心灵朴素的人，真实自然，给人如沐春风的感觉。心灵朴素的人，从容淡定，哪怕染尽了尘世烟火，内心依旧执着而笃定，自有芳香。

李叔同读《左传》《汉史精华录》之后，吟出了"人生犹如西山日，富贵终如草上霜"的诗句。

人生在世，忽而瞬间。指尖的时光恍如西沉之日，悄然离去。荣华富贵，也不过如草上之霜，白驹一闪，便消失在阳光普照里。

生命的浮华终将褪去，富贵名利，爱恨情仇，恍如过眼云烟。唯有简单的朴素的灵魂，才是高贵的、不朽的。

过滤生命的杂质，回归朴素，修得一颗素心，才能看到内心的丰盈，才能感受生活的真谛。

有段话说："人来到世间一回，是为了感受生命的过程，生活的美好，不是为了被生活奴役。人间最有味的，就是这清淡的欢愉。生活素朴就迷人，人心简单就幸福。”

人生路漫漫，要有最朴素的生活，和最遥远的梦想 。

心怀朴素，自有高贵。愿你我都修得一颗素心，活得通透而又豁达，朴素而又简单。

心净，心静，心境

人，有时候活得就是一种心境。不同的心境，造就不同的人生。

人生的修行，从心开始。随缘随安过生活，随心随境活人生。

心净：心中无尘，心自安

净，是干净。

一个“净”字，仿佛一朵清莲，出淤泥而不染，开在尘世的烟火中。

又像是一把拂尘，扫尽心里的尘埃，清空所有的欲望，一下子心净清明，满目山河。

一片片白月光，遗落心间。清清白白，干干净净。

净，是孟浩然“看取莲花净，应知不染心”的寂静禅意，是陶渊明“采菊东篱下，悠然见南山”的田园诗情，亦是苏东坡“小舟从此逝，江海寄余生”的辽远豁达。

人生，最难得的是过尽千帆之后，仍有一颗干净纯粹的心。

干净，是一种让人舒服的气质。一个干净的人，不仅有干净的外表，还有干净的内心，干净的圈子。

《明朝那些事儿》里有这样一句话：在这个污浊的世界上，能够干干净净度过自己一生的人，是值得钦佩的。

简单的生活，轻松愉快。干净的心态，平和宁静。

心净，则心静，心中无尘心自安。

心静：心中有静，方能从容

静，是一种无言的美。

静静地看一朵花开，静静地听风穿过庭院，静静地欣赏日落与云霞。

每一个静下来的瞬间，内心都是安宁的。纵使尘世喧嚣，心中依然就一片清静地。

这份静，可以包容世间万物，亦可以容纳浮世三千。

静，仿佛是一座隐在深山古刹的禅房，连草木都是安静的，只有几缕香雾轻轻缭绕。一曲梵音落尽，一切归于岑寂。

静，亦是内心的宁静。唯有心静，方能从容。

做一个安静的人，不争不抢，不卑不亢。在纷繁的世间，找到属于自己的位置。安静地与自己相处，不打扰别人的生活，亦不被别人扰乱自己的节奏。

白落梅说："在这喧闹的凡尘，我们都需要有适合自己的地方，用来安放灵魂。也许是一座安静宅院，也许是一本无字经书，也许是一条迷津小路。只要是自己心之所往，都是驿站，为了将来起程不再那么迷惘。"

安静，是心灵的归宿。只有在安静中，才能听得到内心的声音，才能在万丈喧嚣中看到更加广袤的世界。

有一颗安静的心，方能跳脱名利的束缚，抵达更加辽远的人生境界。

心境：心境辽阔，云淡风轻

境，是一种境界。

如深谷幽兰，静吐芬芳，不管有没有人来欣赏。如夏日的荷，出淤泥而不染，亭亭玉立，清雅脱俗。

每一朵花，都有自己的风骨。守着一方天地，静静绽放属于自己的风华。

四时有美景，美景各不同。我们的人生，亦是如此。

境由心生，物随心转。一个人的心境，饱含了一路走来的风霜。不同的年龄，不同的阅历，不同的感悟，心境也会有所不同。

人的心境，就是在四时流转中不断磨砺出来的。就像一片老茶，在岁月的沉淀之下，越发香醇厚重。

“痛而不言，笑而不语，迷而不失，惊而不乱。”人生的境界，也会在时光的打磨之下，越来越开阔，越来越清明。

生命就如含苞待放的花朵，一路走下去，总会有意想不到的惊喜。

我们都是光阴的过客。聚散离合，不过是命运常态。繁华喧嚣，不过是过眼烟云。

林清玄在《人生最美是清欢》中说：“以清净心看世界，以欢喜心过生活，以平常心生情味，以柔软心除挂碍。”

心若清净，人就会活得纯粹。心若安静，人生也会过得从容。心境辽阔，生命自有明月清风。

任凭山河岁月，悠悠地来，匆匆地去。我自闲庭漫步，云淡风轻。

第五辑　随缘自在，心生欢喜

随缘自在，心生欢喜

走过万水千山，尝尽人情冷暖。在梦想与现实中，跌跌撞撞地成长。

一路走来，春有百花落尽的无奈，夏有疾风骤雨的洗礼，秋有冷月无声的孤寂，冬有萧瑟生寒的清冷。

婆娑世界，连四季都有躲不开的遗憾，我们的人生，更要接受一些不完美。

所谓的成长，就是不断地与自己和解，与过去和解，与这个世界和解。

与光阴把盏畅欢，在不完美的苦涩里，酝酿生活的甘甜，随缘而自在，心安生欢喜。

与自己和解，是一场修行

漫漫人生，经历该经历的，把万千风景都看透，才能无愧于细水长流的人生。

静下来，沉静如海，听听内心的声音，重新认识自己。心静则清，心定则恒。

懂得与自己和解，是最深沉的智慧。放不下执念，无法与自己和解，终究会让自己疲惫不堪。

《一禅小和尚》里有这么一段对话。

一禅：我还以为我很特别呢。

师父：等你长大就明白了，世界很大，就像这星空一样，它不会因为一颗星星的存在而流光溢彩，也不会因为一颗星星的缺席就黯然失色。

我们生而平凡，也终将归于平凡。平凡才是生命的底色。接受平凡之美，才能享受岁月静好。

周国平在《把心安顿好》里写道："人世间的一切不平凡，最后都要回归平凡，都要用平凡生活来衡量其价值，伟大、精彩、成功都不算什么，只有把平凡生活真正过好，人生才是圆满。"

与自己的平凡和解，不是随随便便放弃自己的追求，而是竭尽所能之后的不强求。在经历各种努力，无数次摔倒之后，逐渐认识到自己的边界，承认自己的局限。

不必自卑，不必逃避，接纳自己，真正成为自己。不必仰望，不必羡慕，向内生长，做好自己的修行。

一念起，万水千山；一念灭，沧海桑田。学会与自己和解，内心才能安宁。

诚觉世事，尽可原谅

《论语》中有句话："子绝四，勿意，勿必，勿固，勿我。"

正是那些执念，困扰着我们的生活。当我们不凭空臆测，不武断绝对，不固执拘泥，不自以为是，那么生命也会变得顺畅豁达。

世事再多苍凉，也抵不过它的美好。如木心先生诗中所写："不知原谅什么，诚觉世事尽可原谅。"

原谅一切，欣然接受所有的发生。

原谅过去的遗憾。有些事已经成为故事，有些人注定要成为故人。过不去的事也要过去，放不下的情也要放下。

把曾经的伤痛一步步带到阳光下，让明亮和丰盈越来越多，让理性和慈悲越来越多，多到足以穿透岁月的黑暗，慢慢成为那个越来越平和，越来越柔韧的自己。

温暖自己，也温暖别人。

与过去和解，与这个泥泞的世界和解。淡然面对过去，好好珍惜当下，坦然期待未来。

周国平说：“使自己有一颗坦荡又充实的灵魂，足以承受得住命运的打击，也配得上命运的赐予。倘能这样，也就算得上做命运的主人了。”

行走于这风刀霜剑的人世，唯有修炼一颗足够强大的灵魂，韧于蒲苇，坚如磐石，方能成就自己，主宰自己的命运。

随缘自在，心生欢喜

生活不易，命运无常。很多事我们无法掌控，很多情我们无法挽留。若是太纠结一时的得与失，便会徒增烦恼和负累。

已经发生的事，无法改变。想要走的人，也无法挽留。

于是，我们学着，看淡缘起缘灭，接纳所有的不完美，原谅所有的伤害，释怀所有的遗憾。

不计较，不炫耀，不逞强，不嚣张……活在当下，努力做好力所能及的事，好好珍惜身边的人。

生而热烈，拙于庸常。在冷暖交织中，心怀温暖，与岁月握手言和。孜孜不倦，对生活一往情深。

在命运的洪流中，活出一份从容与自在。多一份淡然和释怀，少一些忧愁和抱怨。

与自己和解，才能与世界温柔相处。放下执念，才能成就自己。

人生路上，学会随缘。顺其自然，随遇而安。随缘自在，心生欢喜。

余生漫长，愿你一如既往，赤诚善良。

也愿时光温柔，岁月不负，终得美满。

度己是一种智慧，度心是一种修行

生命，是一条奔涌向前的河流。我们自己，就是命运的摆渡人。

度，是人性中最柔软的力量。三毛曾在《送你一匹马》中写道：

“心知如何，有似万丈迷津遥亘千里，其中并无舟子可渡人，除自度，他人爱莫能助。”

这个世界上，并没有真正的感同身受。人与人的痛苦既不相同，也不相通。

痛而不言，喜而不语，你总要自己一个人扛过所有的苦，才能学会成长，才能变得柔韧坚强。

人生实苦，唯有自度

每个人的一生，不可能总是一帆风顺的。会有疾风骤雨，会有大风大浪，也会有各种各样的坎坷和突如其来的不幸。

也许是一些不堪回首的往事，遗憾和自责充斥着内心。

也许是一段没有结果的感情，付出了真心，却得不到回应。

也许是一个没有达成的目标，似乎所有的努力都付诸东流。

生活就是这样，不如意之事十有八九。不同的阶段，不同的境遇，都有不同的人生困境。

我们也不可避免地要去面对挫折和困难。身处其中，备受煎熬，迷茫而又焦灼。有时候咬咬牙，坚持了很久，却依然看不到希望。

有人说："每一个强大的人，都曾咬着牙度过一段没人帮忙、没人支持、没人嘘寒问暖的日子。过不去，求饶了，这就是你的无底洞；一旦过去了，这就是你的成人礼。"

走到人生的某个阶段，会忽然明白，没有谁是你永远的港湾。而你自己，就是那个避风躲雨的屋檐。

人生实苦，唯有自度。当你走过了那段难挨的岁月，回过头会发现，一切不过如此，烦恼和忧愁，早已化作过眼云烟。

而你，已经成长为另一个自己。那些风雨和苦痛，早已化为一身铠甲。

度己，是一种智慧

漫漫人生路，悲欢终需自度。人生路上，做自己命运的摆渡人。

度己，是一种智慧，亦是一种成长。而成长的过程，便是不断接纳自己的过程。

《被嫌弃的松子的一生》书里的松子，单纯善良，却总是活在讨好别人的世界里。她放下所有的尊严，去爱身边的每一个人，却一次次被伤害，被嫌弃。

松子短暂的一生，是孤独的，悲惨的。而更大的悲剧在于，她从未好好爱自己，也没有为自己而活过。

生活是自己的，不必活在别人的评判之下，不必太在意别人的眼光，更不必把太多的人请进自己的生命。

正如杨绛在百岁感言中所说："我们曾如此期盼外界的认可，到最后才知道，世界是自己的，与他人毫无关系。"

与自己和解，接纳自己的不完美，是人生的必修课。人生所有的美好，从真正做自己开始。

度己，尽心尽力做自己。踏实走好每一步，用心过好每一天，珍惜生命里每一个值得珍惜的人。

哭过，笑过，爱过，恨过，跌倒过，爬起过，才算不负此生。

度心，是一种修行

度己，亦是度心。唯有度心，才能使内心安宁。心静，而后心定。

度心，就是那些看不开的事情，要学会放下。那些无法挽留的人，要学会放手。那些解不开的结，要学会看淡。

我们无法改变已经发生的事情，也无法预知未来将会发生什么。但我们可以保持一颗安静淡然的心。

其实，对大多数人而言，很多烦恼是无关紧要的：后悔已经失去的，执着于得不到的，担心还没有发生的……

如此种种，都是不必要的负累。与其庸人自扰，不如静下心来，好好读书。

书，是生命最好的滋养，也是治愈心灵的良方。

当你迷茫痛苦时，多读书。在书中汲取智慧，循着智者的足迹，拨开层层迷雾。书，让你越来越清醒。

当你志得意满时，多读书。书能够让浮躁的心慢慢沉静下来，开阔眼界。书，会让你变得谦逊而又低调。

书读得多了，容颜和气质自然也会改变。心态，也会越来越平和，越来越淡泊。

《断舍离》中有一句话特别豁达：当你什么都不在乎了，你的人生才是真正的开始，无能为力叫顺其自然，心无所谓才叫随遇而安。

世事大梦一场，看淡再无烦恼。或悲喜或浮华，或聚散或别离，或得到或失去，都是真实的人生。

风雨人生，悲欢自度。度己是一种智慧，度心是一种修行。

做一个内心丰盈的人，胸中有丘壑，立马振山河。

让往事随风，该忘的忘，该放的放。一切顺其自然，淡定从容。

不念过去，不畏将来，不负当下。如此，安好！

《瓦尔登湖》：人生的三重境界

也许，每个人心中，都有一处“桃花源”：与清风明月为伴，与湖光山色为邻。远离红尘烦扰，了却世俗恩怨。

静以修身，俭以养德。淡泊明志，宁静致远。

凡尘的我们，纵使内心几多向往，终是割舍不下太多的牵绊。或迷茫困顿，或意气风发……被时代的洪流裹挟着，奔涌向前。

唯有在书中，觅一方净土，让心灵自由地呼吸。初读《瓦尔登湖》，只是佩服梭罗敢于抛下一切，活出自我的勇气。

如今再读，恍然明白，梭罗是在用自己的亲身经历，告诉我们人生的三重境界：是自由的心态，是极简主义的活法，更是顺其自然的人生态度。

人生真正的自由，是内心的自由

1845 年 7 月 4 日，梭罗独自一人来到瓦尔登湖畔，开始了一种远离尘嚣的生活。

在那里，他自己建造房屋，有了安身之所。日常所需，也很简单，他对物质没有太多的欲望，只要能够支撑正常的生活就可以。

他与自然完全融为一体。春耕，秋收，冬藏。闲暇的时间，可以出去散步，看草长莺飞，听鸟雀啼鸣。也可以读书，写作，与自己的灵魂对话。

在梭罗看来，“人们交口称赞和认为成功的生活，无非是生活的一种而已。我们为什么要夸耀一种，而牺牲其他各种呢？”

是的。他想要清醒地活着，追随自己内心的想法，活出自己真正喜欢的人生。

多少人，浑浑噩噩，把自己束缚在狭隘的圈子里。活在世俗的评判之下，活在别人的看法里，活在自我的压抑中。

如果一个人的内心，总是受到欲望和世俗标准的捆绑。那么，无论物质生活多么丰富，内心依然会有负累。

人生真正的自由，是内心的自由，是精神的自由。

只要内心是自由的，不管处于什么样的人生境遇，都能用一颗坦然自若的心，无所畏惧。

生活是自己的，无需别人的干涉。用自己喜欢的方式，好好生活，便是人间幸事。

往后余生，全力以赴地过，云淡风轻地活。

好的人生，需要做减法

梭罗在瓦尔登湖居住两年后便离开了。他不是一位隐居者，而是通过隐居瓦尔登湖的经历，证明真正的生活所需，并没有太多。

好的人生，需要做减法，一直减到简单的状态。

梭罗在《瓦尔登湖》中说：“我愿意深深地扎入生活，吮尽生活的骨髓，过得扎实，简单，把一切不属于生活的内容剔除得干净利落，把生活逼到绝处，用最基本的形式，简单，简单，再简单。”

极简，是一种智慧，取舍有道。极简，删繁就简，去伪存真。只留下最重要的那部分，保持恰如其分的比例。

学会欲望极简。有时候我们活得不快乐，并不是得到的太少，而是欲望太多。过多的欲望，会让人身心疲惫。

到了一定阶段，便会慢慢明白，所谓的名利，所谓的物质，并不能带给我们真正的快乐和安宁。健康的身体，温馨的家庭，简单的生活，更能够让人满足和心安。

学会物质极简。我们的生活，早已物质过剩。然而，过多的物质并没有给我们带来更多的幸福，反而带来了不必要的负担。

给自己的生活做一次断舍离，把自己从物质的依赖中解放出来。不必因为虚荣而去攀比，不必因为无聊而去购物，更不必因为空虚而用物质填补内心。物质极简，灵魂便会越来越丰盈。

学会关系极简。触目横斜千万朵，赏心只需三两枝。不合适的圈子，不必强融。不讨好别人，不委屈自己。

在懂你的人群里，悠闲地散步。在简单朴素的生活里，学会知足和感恩。在细水长流的时光里，收藏美好和感动。

学会生活极简。曾经如此渴望命运的斑斓，到后来才发现，人生最曼妙的风景是内心的淡定与从容。

平平淡淡才是真，简简单单就是福。不再过多地在意别人的评价，不再关注那些无用的信息，不再热衷于无聊的社交，也不再羡慕别人的热闹和繁华。

生活，终究是自己的，与别人无关。放下莫须有的执念，放下过去的遗憾，放下内心的负累，好好做自己。

长长的路，慢慢地走。历经山重水复，看透万千风景，习得极简的智慧。

学会做减法，人生也会快乐且从容。

用顺其自然的态度，过随遇而安的生活

梭罗在《瓦尔登湖》的结尾处这样写道："让我们如自然一般悠然自在地生活吧……让我们该起床就起床，该休息就安心休息，保持安宁而又没有烦扰的心态……让钟声回荡，让孩子哭喊——下定决心过好每一天。"

对于人生的境遇，不用过分地衡量。接纳命运的一切给予，相信一切都是最好的安排。自然而然，过好自己的人生。

人生最难得的，便是一颗纯粹淡泊的心。多一份淡然，少一些浮华。多一份安宁，少一些纷扰。

作家周国平曾说："人生任何美好的享受都有赖于一颗澄明的心，唯有内心富有充盈，方能从容抵抗世间所有的不安与躁动。"

内心安静，才能处变不惊。内心简单，才能潇洒自在。

人生没有完美，生活也未能尽如人意。但成长，会教会我们释怀一切，也教会我们与生活和解。

熬过泥泞，便会走上另一段坦途。熬过严寒，便会遇见另一场明媚。

《瓦尔登湖》中有句话特别治愈："我看到那些岁月如何奔驰，挨过了冬季，便迎来了春天。"

凛冬散尽，春日可期。春天总会来的，花儿也会开的，一切美好也都会如约而来。

人生无需刻意，随缘便是境界。不用费尽心思地去追逐，一切顺其自然。

用顺其自然的态度，过随遇而安的生活。不为外物所扰，不被世俗所困，用自己喜欢的方式，过好自己的人生。

人生路漫漫，愿你温暖纯良，不舍爱与自由。

愿你生活极简，灵魂丰盈，活得潇洒坦荡。

愿你顺其自然，随遇而安，活成自己喜欢的样子。

人生为何不快乐，只因未读苏东坡

每个人心中，都有一个苏东坡。

每逢中秋佳节，我们会在心里默念苏东坡的千古名句：“但愿人长久，千里共婵娟。”

孤独失意的时候，会想起苏东坡的这句：“拣尽寒枝不肯栖，寂寞沙洲冷。”

遇到人生起伏，失望落寞的时候，也会用苏东坡的这句诗来勉励自己：“竹杖芒鞋轻胜马，谁怕？一蓑烟雨任平生。”

林语堂曾说：“苏轼已死，他的名字只是一个记忆，但是他留给我们的，是他那心灵的喜悦、思想的快乐，这才是万古不朽的。”

苏东坡活成了一代文人的精神脊梁。如一抹清辉，隔着山河岁月，映澈古今。

前半生苏轼，后半生苏东坡

公元 1057 年，年少的苏轼进京赶考。主考官是大文豪欧阳修，当他读到苏轼的文章，赞叹不已。

他本以为这是自己学生曾巩写的，为了避嫌，便将本该第一名的成绩定为了第二名。哪知解封一看，作者竟是苏轼。

再看苏轼之前写的旧文，欧阳修更是惊叹：“读轼书，不觉汗出，快哉快哉，老夫当避路，放他出一头地也。”“出人头地”这个词儿就是这么来的。

才华横溢，举世无双。进士及第，名动京师。就这样，苏轼一出场就惊艳了整个大宋。

然而，命运无常，人生总是充满了变数。

公元1079年，44岁的苏轼因“乌台诗案”入狱。最终死里逃生，被贬黄州。

黄州，是苏轼的命运转折点。到了黄州，他脱下文人长衫，换上布衣芒鞋，躬耕于东坡，从此自号“东坡居士”。

为改善伙食，他还研究发明了东坡肉、东坡羹。即使在贫困艰辛的日子里，他依然将生活过得热气腾腾。

林语堂说，苏东坡是一个“不可救药的乐天派”。他曾被命运高高地举起，准备大有一番作为的时候，却又被命运重重摔下。

苏东坡的一生，年少丧母，青年丧妻，中年丧子，仕途不顺，一贬再贬，只有短暂的一时繁盛。从成名时的万众瞩目，到被命运夺走一切，他经历了人生的大起大落。

苏东坡总结自己的一生：问汝平生功业，黄州惠州儋州。

他把失意融化了，化成“人间有味是清欢”的艺术美学。他把挫折揉碎了，化成“人生如逆旅，我亦是行人”的洒脱。他把颠沛流离接纳了，化成“此心安处是吾乡”的诗意。

在命运的千锤百炼之下，他早已看淡了人世间的功名与浮华，集儒释道于一身，心如止水，悟彻天地。

诗意，可抵岁月漫长

苏东坡的与众不同，在于他能够将儒家的入世和道家的出世均衡调和。而这样的调和，让他在春风得意时，积极入世，心系天下苍生。在仕途失意时，寄情山水，随缘自适，回归诗意的精神家园。

诗意，是他的热爱，亦是他的铠甲。当人生跌至谷底，内心总要有一些热爱去化解这样的悲伤。

在苏东坡眼中，万物皆可入诗。阳春三月，他与朋友路上遇风雨，大家都没伞，十分狼狈。雨停之后，他写下了这首流传千古的《定风波》：

莫听穿林打叶声，何妨吟啸且徐行。
竹杖芒鞋轻胜马，谁怕？一蓑烟雨任平生。
料峭春风吹酒醒，微冷，山头斜照却相迎。
回首向来萧瑟处，归去，也无风雨也无晴。

人生，难免会遭遇风风雨雨，与其唉声叹气，指责抱怨，不如从容前行。

公元1082年，七月十六日的仲夏之夜。苏东坡与好友乘一叶扁舟，至赤壁游览山色。清风徐徐，月光如银，万顷江波，澄净空阔。

世间的所有喧嚣皆已退场，天地之间一片静谧。沐浴着清风明月，置身于天光水色之间，苏东坡挥毫写下了《赤壁赋》：

"盖将自其变者而观之，则天地曾不能以一瞬；自其不变者而观之，则物与我皆无尽也。"

天地之间，没有什么是永恒的，所有的困苦终将逝去。他用诗抚慰了自己，也温暖安慰着我们。

人生总要有点热爱，有所坚持。苏东坡的诗意人生，不是消极的避世，而是超然物外的洒脱，是宠辱不惊的淡泊。

同年九月，苏东坡夜饮晚归，敲门半天不应，才知家僮已然入睡。于是他独自来到江边，听惊涛拍岸，看风起云涌，思绪万千，吟出了《临江仙·夜饮东坡醒复醉》：

“长恨此身非我有，何时忘却营营？夜阑风静縠纹平。小舟从此逝，江海寄余生。”

无论生活多难，他都能够取悦自己。在那个克己复礼的时代，他活得自然，活得通透，在一条布满荆棘的路途上，他活出了最有趣的模样。

如白落梅在《苏东坡传》里所写：无论处何境，用哪种方式，他皆能从困苦中找到岁月的一盏清光。轻轻挥舞衣袖，即可化作庄子的鹏鸟，放下尘俗，飞到云天。

几时归去，做个闲人，对一张琴，一壶酒，一溪云。

人生为何不快乐，只因未读苏东坡

苏东坡在《东栏梨花》里写道：“惆怅东栏一株雪，人生看得几清明。”

他始终清醒而又坦然。当一个人看清了人生的真相，便无畏风雨和波折。接受生活，与自己和解，让自己活得更自在，更快乐。

人生很重要的能力，就是无论生活有多难，也能够让自己快乐。

痛苦面前，人人平等。平凡的我们，也许不会如苏东坡一般经历大起大落，却依然有各自的精神炼狱。是名利的束缚，是爱恨的情执，更是理想与现实的矛盾和差距……

面对人生的风雨，苏东坡写下“归去，也无风雨也无晴”的洒脱。即使一再被贬，仍有“乱石穿空，惊涛拍岸，卷起千堆雪”的气魄。

苏东坡说自己：“上可陪玉皇大帝，下可以陪卑田院乞儿，眼前见天下无一不好人。”

无数失意愁苦之人，也从他的身上汲取直面生活的勇气和力量。渐渐远离忧伤和愤懑，变得更加宽容和温暖，那是一种包容万物的慈悲，是笑纳一切的达观。

“人生到处知何似，应似飞鸿踏雪泥”，学习他的人生态度，可得超脱；学习他的生活态度，可得趣味；学习他的艺术态度，可得境界。

人生为何不快乐，只因未读苏东坡。读懂苏东坡，便是人生快乐的开始。

水到绝境是风景，人到绝境是重生

人生，是一场漫长的修行。

是非成败，本是人生的常态。悲欢离合，亦是命运的无常。

生命的旅途，不可能是一帆风顺的。有身处顺境的得意，有遭逢逆境的彷徨，也有陷入绝境的迷茫。

人生，无论遇到怎样的境遇，总会有一朵花儿为你绽放，也会有一朵祥云为你缭绕。

人到绝境，是重生

这漫长的一生，我们会遇到坎坷，也会经历磨难，甚至也会陷入绝境。

人生的绝境是什么？步步都可能是绝境，当你触碰到它的时候，就是人最应该深刻思考的时候。

绝境不仅仅是一场磨难，更是人生的一种醒悟和升华。在磨难中，我们才能更清醒地认识自己，更真实地感受人生。

人生所谓的绝境，只是暂时的沉淀。如一粒种子，深埋泥土，唯有厚积才能薄发。耐心等待，就能寻到一线生机。

物极必反，否极泰来。一件事情，到了极点，必然会向相反的方向转化。

那些曾以为无法走出的困境与低谷，终会跨越。那些曾经的崩溃与无助，也会熬过去的。

这个世界上，没有走不出的绝境，只有不愿走出来的人。如木心先生所说：“所谓无底深渊，下去，也是前程万里。”

你必须跌到从未经历过的谷底，才能站上从未到达过的高峰。水到绝境是风景，人到绝境是重生。

接纳所有，活在当下

对于生命而言，接纳便是最好的温柔。

无论是接纳人生的顺境，还是逆境；无论接纳生命的馈赠，还是失去；无论接纳一个人的到来，还是一个人的离开。

人生的很多痛苦，并不是来自于苦难本身，而是来自我们内心一味对抗的情绪。一切烦恼，皆由心生。放下无谓的负累，才能自在安然。

《了凡四训》中有这样一句话：“从前种种，譬如昨日死；从后种种，譬如今日生。”

爱过恨过，皆已尘封。好事坏事，终成往事。不为过去懊恼，也不为未来烦忧。睡前原谅一切，醒来不问过往。

接纳自己，接纳现在的处境。但接纳并不是放任自流，而是在沉默中，慢慢蓄积力量。

每一个优秀的人，都会经历一段沉默的时光。付出了很多努力，却依然看不到希望，忍受了很多孤独和嘲讽，却依然不抱怨不放弃。

人生路上，无论到了怎样的时刻，我们都要走下去。得也好，失也罢，坦然面对。荣也好，辱也罢，淡然接受。

生命，总有不期而遇的温暖和生生不息的希望，让一切不如意都随风而去，接纳所有，活在当下，心平气和，努力向前。

心怀希望，积聚力量

山河岁月，长路寂寂，终需一些美好来支撑，而生命之美，就在于心怀希望。

马丁·路德·金说："我们必须接受失望，因为它是有限的，但千万不可失去希望，因为它是无穷的。"

希望是人间至善，是最好的安慰。身处困境，最可怕的不是黑暗，而是内心的绝望。只要有希望的指引，就能找到自己的道路。

希望是美好的，是孤独最温暖的陪伴。穿过幽暗的岁月，不必慌张，不必畏惧，内心笃定，相信自己一定可以熬过去，眼前的困境也总有一天会过去。

万物皆苦，悲喜自度。黑暗过后，终遇晨光。

当我们真正跨越黑暗，走出人生低谷，内心也会变得更加坚强。就像村上春树说的那样：

"暴风雨结束后，你不会记得自己是怎样活下来的，你甚至不确定暴风雨真的结束了。但有一件事是确定的：当你穿过了暴风雨，你早已不再是原来那个人。"

而你，会微笑着与暴风雨告别，感谢那个越来越强大的自己。

心安静了，四处皆是风景。心强大了，一切都有希望。

愿你在迷茫时心怀希望，找到清晰的人生方向。

愿你在低谷时积聚力量，活出更好的生命状态。

人生最好的心境：看淡得失，一切随缘

人生，总是在得到和失去之间循环往复。

失去了青春的血气方刚，得到了成熟的睿智从容。失去了春天的百花娇艳，得到了秋日的硕果清甜。

《道德经》里说："祸兮福所倚，福兮祸所伏。"祸福相倚，得失相伴。

得之我幸，失之我命。看淡得失，一切随缘。这是一种淡定从容的生活态度，更是一种需要修炼的人生境界。

失去，是一种救赎和成长

成长，是不断失去的过程。每个人，都会经历失去。

失去浪漫的爱情，说好的不离不弃，最后却形同陌路，缱绻情深变得相顾无言。曾经沧海难为水，除却巫山不是云。

失去至爱的亲人，内心蚀骨般的疼痛，说不清，也道不明。天上人间两陌路，死生契阔各凄凉。

失去多年志同道合的朋友，天涯路长，知己难再觅。且敬往事一杯酒，愿无岁月可回首。

很多时候，因为爱，所以不愿放手。因为爱，所以舍不得走。因为爱，所以选择铭记失去的痛苦。

伤痛，代表着深爱过的痕迹。可是，遗忘伤痛，并不代表爱的逝去。爱是永恒的、不灭的。爱的力量，不会因为失去而消失。

时间不是药，药却在时间里。等时间慢慢愈合伤痛，依然好好去爱，勇敢去爱。爱值得爱的人，也爱越来越通透的自己。

所有的失去，都是一种救赎和成长。一时的失去，放在浩瀚的生命长河里，渺小如尘埃。

有时，失去又何尝不是另一种拥有呢？上帝关上了一扇门，一定会打开另一扇窗。窗外，依然有花香满径，明月清风，依然有深爱你的人，为你守候。

电影《卧虎藏龙》里有句话：当你握紧双手，里面什么也没有；当你打开双手，世界就在你手中。

得与失，不过一念之间。唯有学会放下，才能真正得到。

放下执念，顺其自然

人生，本就是一场修行。婆娑世界，婆娑即遗憾。

这个世界上，没有那么多的成全与完美。多的是事与愿违，是悲欢离合，是爱恨蹉跎。

冥冥之中，一切似乎早有注定。命里有时终须有，命里无时莫强求。属于你的东西，无需刻意争抢。不属于你的东西，也强求不来。

不如放下执念，一切随缘。尽人事，随天命。遵从本心，顺其自然。

塞翁失马，焉知非福？一切都是最好的安排。所有的得到，都是命中注定。所有的失去，都是人生经历。

作家亦舒说：“有得有失，才是人生，切忌忿忿不平。”得到时莫轻狂，失去时莫沮丧。得也好，失也罢，不过是过眼云烟。

保持淡然的心境，便无所谓得与失。

时间扑面而来，一切都是最好的安排。

看淡得失，一切随缘

漫漫人生路，终有峰回路转的瞬间。

所有的支离破碎，都是为了珍惜来之不易的圆满。所有的失去，都是为了给即将而来的美好，留出一席之地。

如果事与愿违，请相信一定另有安排。所有的失去，都会以另一种方式归来。

荀子曾说：“小人其未得也，则忧不得；既已得之，又恐慌失之。是以有终身之忧，无一日之乐。”

如果患得患失，便容易纠结痛苦。不要为一时的得失而忧虑重重，更不必耿耿于怀。

每一次得到，都是命运的馈赠。每一次失去，都是一种磨炼和修行。人，正是在承受失去的苦痛中，一点点学会珍惜，学会感恩，学会成长，成为那个更加强大丰盈的自己。

世间的一切，终究要与时光和解。得失了无痕，来去都随缘。花开无意，花落无声。世事变迁，宠辱不惊。

有一句话说：“幸福永远不取决于你拥有多少，而取决于你看淡多少。”

岁月依然慈悲，愿你始终心存热爱，安于当下，淡然豁达。

看淡得失，方能从容。一切随缘，自在安然。

自信，是一种力量，亦是一种态度

什么是自信呢？我想，应该是一种发自内心的自我认同感，一种不需要借助外界夸奖与奉承来证明自己的信心，一种内心的强大与笃定。

自信，是一种态度，源自于内心，是对自我清晰的定位和认知。对于过去已经发生的事情，坦然接受，不后悔，不埋怨。对于未知的未来，抱以最诚挚的热情，不畏惧，不退缩。

自信，也是一种气质。自信，所展现出来的是“腹有诗书气自华”的优雅，是“会当凌绝顶，一览众山小”的豪迈，也是“行至水穷处，坐看云起时”的淡然。

所有的人格特质里面，我最欣赏的，也是自信。自信的人，走到哪里，都宛如一束光，温暖明媚而不张扬，低调奢华而有内涵。

有一句话说：“没有自信的话，你永远也不会有快乐。”拥有自信的人，更容易获得满足感和幸福感。

生活中，当我们遇到挫败时，就会怀疑自己的能力，从而否定自己。当我们被自卑感包围的时候，就会觉得情绪低迷，生活暗淡无光。

那么，怎样建立自信呢？知乎里有一条高赞评论：“持续在自己能力圈边界附近做事，谨慎而又聪明地选择所做的事情，尽可能做一件成一件，以良好的做事结果形成正反馈，不断强化‘我行’的认知。”

接受偶尔的失误，承认暂时的失败，从失误和失败中吸取教训，做自己喜欢或者擅长的事，慢慢积累自信。自己就会变得越来越乐观，生活也会越来越美好。

这种自信的力量，如同黑夜里的火焰，焚烧困难，照亮智慧，照亮温暖，也照亮继续前行的道路。

感情里，也需要自信。很多人，一旦陷入感情，就会美化对方，苛责自己。觉得对方高高在上，而自己却存在很多缺点。久而久之，就会在情感关系里，变得被动讨好。

然而，这样的卑微，并不能保证情感的持续，反而会给对方带来压力。要知道，在喜欢你的人眼里，你的小缺点，也是很可爱的。若是不喜欢你了，纵然完美，也无法留住一颗不爱你的心。

所以，无论你有多爱一个人，都要保持自信的魅力。自信的人，更容易让人喜欢和欣赏。唯有不卑不亢，自尊自爱，情感里的你们，才是平等的，自由的。

当然，自信，不是自大和自夸。盲目的自大，会让人不屑一顾，甚至嗤之以鼻。

那些浮夸的人，喜欢到处炫耀的人，未必是自信，极有可能是自卑。因为自卑，所以渴望通过外界的关注和认可，来获得存在感和认同感。

真正自信的人，反而是平和的，安静的，低调的。因为自我认可，就不需要过多地在意外界的评判和眼光。

心理学发现，“内在的自信是一种对自我的存在意义的肯定，是完全接纳自己，所以对自己没有批判，更没有苛刻，他不显山露水，却让人不能小觑其内在的实力。”

世界是自己的，与别人的指指点点无关。一个内心自信丰盈的人，宛若一朵傲然绽放的花儿，优雅馨香，自在清欢。

自信，是阳春三月的温暖，是夏日清荷的素雅，是秋色连波的浩渺，是大漠孤烟的壮美。自信，点燃生命绵延不绝的希望。

真正的自信，是一种厚积薄发的力量，也是一种自我认可的人生态度。

愿我们都做一个温暖自信的人，美丽而又潇洒，执着而又坦荡，勇敢前行！

人生，耐得住寂寞，才能守得住繁华

人生，总会经历一段幽暗的岁月。将寂寞坐断，也无人问津。久而久之，也不需要别人的打扰了。就像黎明前的那段黑暗时光，只能独自撑到破晓，才能重见光明。

一个人，独自走过一段很长的路。稳坐寂寞，静看繁华。深深呼吸，浅看悲喜。

慢慢明白，寂寞，是人生的常态。有的人因寂寞而空虚，有的人因寂寞而迷茫，有的人因寂寞而不安，也有的人因寂寞而迷失自我。

寂寞，使浅薄的人更加浮躁，使淡泊的人更加恬静，使睿智的人更加清醒。我们，只有耐得住寂寞，才能守得住繁华。

耐得住寂寞，是一种境界

王国维在《人间词话》里写道：

“古今之成大事业、大学问者，必经过三种之境界：‘昨夜西风凋碧树。独上高楼，望尽天涯路。’此第一境也。‘衣带渐宽终不悔，为伊消得人憔悴。’此第二境也。‘众里寻他千百度，蓦然回首，那人却在，灯火阑珊处。’此第三境也。”

人生，经历过第一境界的迷茫徘徊，经历过第二境界的孤独求索，才能慢慢成熟，达到第三境界的柳暗花明，灯火阑珊。

一个人，只有经历了寂寞，才会更加沉稳。只有耐得住寂寞，才能修炼一颗淡泊明志的心。

我们，都是在时光中跌跌撞撞地成长。不必羡慕别人的表面风光，其实每个人都有自己的苦楚和难处。

很多时候，我们只是需要耐得住寂寞，把自己的事情做好，做到极致。不盲从，不急功近利，不怨天尤人，努力成为自己喜欢的样子。

耐得住寂寞，是一种境界和修养。只有耐得住寂寞，才能宠辱不惊，有所作为。

耐得住寂寞，是一种坚持

你听说过“荷花定律”吗？

一个池子里的荷花，第一天开放的只是一小部分，第二天，它们开放的数量会是已开放的两倍。到了第三十天，就开满了整个池塘。

你知道什么时候荷花开了一半吗？很多人都会认为是第十五天，然而并非如此！到第二十九天时荷花仅仅开满了一半池塘，直到最后一天才会开满另一半。

最后一天的速度最快，等于前二十九天的总和。

这就是著名的荷花定律。任何成功都需要积累，要忍受煎熬，要耐得住寂寞。

在寂寞中奋斗，在奋斗中积累，才能有后来的一鸣惊人。人的一生，不可能一帆风顺，难免会遇到一些挫折。

面对挫折，更需要耐得住寂寞。不颓废，不放弃，不愤懑，平心静气地享受寂寞，养精蓄锐，蓄势而发。

有些事情，不是看到了希望才去坚持，而是坚持了才有希望。

耐得住寂寞，是一种困境中的体验，是一种磨炼中的坚持，是人生走向成熟的里程碑。

耐得住寂寞，是一种清福

耐得住寂寞，便是学会享受寂寞。寂寞中，有无人打扰的自在清净。悲凉中，有内心笃定的淡定安然。

享受寂寞，与寂寞握手言和，和平相处，便能沉淀自己，宁静而又从容。

作家梁实秋说："寂寞不一定要到深山大泽里去寻求，只要内心清净，随便在市廛里，陋巷里，都可以感觉到一种空灵悠逸的境界，所谓'心远地自偏'是也。在这种境界中，我们可以在想象中翱翔，跳出尘世的渣滓，与古人同游。所以我说，寂寞是一种清福。"

只有守得住内心的安宁，才能坦然面对生命中遇到的一切。鲜花掌声，不得意忘形；冷嘲热讽，不自暴自弃；失意挫败，不忧伤退缩。

得意时，要耐得住寂寞，经得起诱惑。失意时，更要耐得住寂寞，厚积而薄发。

耐得住寂寞，便能保持内心的平静，安之若素，不浮不躁。耐得住寂寞，亦能沉淀自己，心无旁骛，努力坚持到底。

生命如花，终会在四季更迭中慢慢凋零。而灵魂却是不朽的，可以在岁月里渐渐丰盈。于岁月时光的洪荒里，将寂寞坐断，默默积蓄人生的力量。

人生，耐得住寒冬，才能等得到花开。耐得住寂寞，才能守得住繁华。

真正的成熟：一半追求美好，一半包容残缺

人生路上，我们会慢慢长大，也会慢慢地变得成熟。成熟，和年龄无关，而是一种阅历和心态。

余秋雨说："成熟是一种明亮而不刺眼的光辉，一种圆润而不腻耳的音响，一种不再需要对别人察言观色的从容，一种终于停止向周围申诉求告的大气，一种不理会哄闹的微笑，一种洗刷了偏激的淡漠，一种无须声张的厚实，一种能够看得很远却又并不陡峭的高度。"

成熟，是笑看花开淡看花落的坦然。成熟，是谦逊温润的态度。成熟，是自信平和的心境。一个成熟的人，总是给人踏实的感觉，如浴春风。无需招摇，自成风景。

真正的成熟，意味着对美好的追求和向往，也意味着对残缺的接受和包容。

知世故而不世故，才是最善良的成熟

有人说，人生就像一支铅笔。刚开始的时候，总是削得很尖，锋芒毕露。

正如我们年轻的时候，血气方刚，意气风发，恨不得一日看尽长安花。为人处世，也不懂得收敛，横冲直撞。

成长的路上，磕磕碰碰，跌跌撞撞。不经意间，岁月渐渐磨平了我们的棱角，不是变得圆滑了，而是被时光雕琢得越来越圆融，越来越通透了。

一个人，越来越成熟，就会发现，能够说出口的委屈越来越少，值得炫耀的东西也越来越少。整个人，会越来越低调，越来越从容，越来越平和。

成熟，不是变得软弱，不是变得世故，而是学会收敛自己的锋芒，学会放下不值得的感情，学会忘记不开心的事，学会原谅过往，学会珍惜当下。

面对指点和议论，面对痛苦和伤害，不会轻易妥协，也不会一味地去争辩，懂得适时的沉默。用微微一笑，代替哭哭闹闹。

历经千帆，不染岁月风尘。知世故而不世故，才是最善良的成熟。

看淡世事沧桑，内心安然无恙

毕淑敏在《愿你与这世界温暖相拥》中写道：任何一颗心灵的成熟，都必须经过寂寞的洗礼和孤独的磨炼。

人类的很多喜怒哀乐并不共通，也没有那么多的感同身受。每个人，都在自己的世界里，无声地吐纳呼吸。所以，成熟的人，不再向外寻求安慰，而是回归内心寻找力量。

成熟，是不再抱怨，也不会逃避。清楚地知道自己想要什么，明确地知道自己能做什么。不再好高骛远，而是脚踏实地，学会在孤独中积蓄力量。

摔倒了，自己爬起来，拍拍身上的灰尘，继续前行。不妄自菲薄，也不自命清高。

人生路上，有得有失。红尘陌上，有聚有散。有的人，说好的一生一世，走着走着却散了。有的人，说好的来日方长，走着走着却变了。

那些你经历的事，那些你在乎的人，那些你感动过的情，渐行渐远渐无息。而我们，也总要经历一些伤痛，才能学会成长，才能变得成熟。

成熟，便是拥有一颗平常心，才能抵挡世事无常。一切都看淡，一切都随缘。

拿得起，放得下，看淡世间沧桑，内心安然无恙。

历经岁月坎坷，依然热爱生活

生活，总是充满了酸甜苦辣。会有阳光和喜悦，也会有苦难和艰辛。

有的人，经历了人生低谷，便一蹶不振，不再相信别人，不再相信生活，也不再相信自己。而有的人，纵使生活千疮百孔，也依然在心中坚守希望。

就像在绝境里逢生，开出一朵素雅的花。不张扬，不喧闹，却依然暗香浮动。最高境界的成熟，便是历经岁月坎坷，依旧热爱生活。

成熟，不是心变老，而是繁华过后的淡定，是历经磨难之后的从容，是遗世而独立的安静和优雅。

成熟，是千帆过尽依旧心怀赤诚的善良，知世故而不世故，历圆滑而弥天真。

成熟，是内心的自信和笃定。经过了风风雨雨，依旧云淡风轻。

成熟，是一种豁达和宽容，不再斤斤计较，懂得原谅和释怀。

成熟是一种智慧，就像成熟的水稻，垂下稻穗，不是向现实低头，而是以一种谦卑的姿态，感恩土地的哺育，感恩大自然的馈赠。

做一个成熟的人，一半向往美好，一半包容残缺。如同一棵开花的树，一半扎根泥土，一半飘摇风中。在风雨中成长，在阳光中挥洒馨香。

低调，是一种高级的人生态度

一个成熟的人，会懂得保持低调。不张扬，不喧闹，不过分夸大自己，不随意贬低他人。

成熟，就会越来越稳重。低调，便会越来越温润。举手投足，就像一杯茶，安静，淡然，馨香，滋养身心。

低调，是一道迷人的风景。让人百看不厌，流连忘返。

低调，是一种平和的人生态度。低调做人，得意时不骄不躁，失意时不卑不亢。

低调，是一种豁达的处事智慧。与人相处，不会锋芒毕露，懂得收敛，大智若愚。

《菜根谭》里有句话："地低成海，人低成王。圣者无名，大者无形。鹰立如睡，虎行似病，贵而不显。"

世间万物，都起源于低。地不畏其低，方能成就大海的浩瀚。人不畏其低，方能成就一番伟大的事业。低，是高的缘起，是高的阶梯。

低调做人，在繁杂的世俗间，审时度势，宠辱不惊。只有那些低调如水的人，才能笑到最后，成为真正的赢家。

当然，低调，并不是一味隐忍，而是静水深流，厚积薄发。

正如战国时期的楚庄王，刚刚继位的时候，内忧外患，困难重重。他终日饮酒作乐，不理朝政，还在门口立一块牌子，上面写着"进谏者，杀无赦"！

有一天，有位大臣对他说："我们东边的那座高山上有一只神奇的大鸟，它三年不鸣，三年不飞，不知想要做什么？"楚庄王说："这只鸟三年不飞，三年不鸣，定是要一飞冲天，一鸣惊人！”

等时机成熟，楚庄王就像一只苏醒的雄狮，先是将一些作乱的贵族铲除掉，然后安抚百姓，收复失地，强大国力。最后，成为中原霸主。

因为低调，懂得韬光养晦，所以楚庄王成就一番霸业。真正的强者，从来不显山露水，他们总是默默地积蓄力量，不急不躁，不悲不喜。

那些喜欢高调炫耀的人，内心是空虚匮乏的。那些喜欢招摇显摆的人，大多是骄矜浅薄的。

真正有智慧的人，必定是低调的。这种低调，宛若心灵深处的一轮明月，散发着人性的光芒。

有时候，低调也是一种不打扰的善良。

贵而不显，华而不炫，不咄咄逼人，不居高临下，是一种低调和善良。

三国时期的文学家李康在《运命论》中说：“木秀于林，风必摧之；堆出于岸，流必湍之；行高于人，众必非之。”

高出森林的大树，容易被大风摧毁；堆出海岸线的石头，容易受到流水的冲击；才能或品行出众的人，容易受到嫉妒和非议。

做个低调的人，从容豁达，与人为善。

低调的人，犹如春风拂面，给人以温暖和希望。低调的人，犹如夏日绿荫，给人以清凉和舒畅。低调的人，犹如秋日硕果，给人以收获的喜悦和满足。低调的人，犹如冬上白雪，给人以纯洁和美好。

低调，更是一种温和的自信。就像亦舒在《圆舞》里说的：“真正有气质的淑女，从不炫耀她所拥有的一切，她不告诉人她读过什么书，去过什么地方，有多少件衣服，买过什么珠宝，因为她没有自卑感。”

低调有内涵的人，是谦逊的，是淡泊的，是不需要通过炫耀来获得存在感的。

低调，是一种修养，一种善良，一种人生态度，一种为人处世的智慧。

低调所呈现出来的，是一种自信，一种温厚，一种从容，一种力量。

懂得，是一种温柔的慈悲

懂得，是生命中最美的遇见

风懂得云的漂泊，所以不问归期。山懂得水的缠绵，所以不忍分离。懂得，是一种难言的柔情，入心入眸，刻骨铭心。

一生之中，总会遇到一个懂你的人。那种感觉，是踏遍千里山，走遍万里路，于茫茫人海中，心灵终于找到了归宿。

是朋友，有着肝胆相照的义气。是知己，有着惺惺相惜的默契。是爱人，有着默默无闻的陪伴。

懂得，是成功时的把盏言欢。懂得，是失意时的真诚慰藉。懂得，是黑暗里的一道光，是夏日里的一抹清凉。

一句“我懂你”，胜过千言万语。它如一朵花的幽香，芬芳这个世界的苍凉。如一弦清音，抚慰世间的浮躁。

“高山流水遇知音”，是伯牙与子期的懂得。伯牙死后，子期再无知音，于是破琴绝弦，终身不复鼓。

“赌书消得泼茶香”，是李清照与赵明诚的懂得。失去了赵明诚，李清照半生飘零，再无爱情。

“撒哈拉的爱情”，是三毛与荷西的懂得。因为彼此懂得，不毛之地的撒哈拉，也变得唯美浪漫。

任时光匆匆，似水流年，只要有一人懂，便无惧岁月苍老。

真正的懂得，可遇而不可求

漫漫人生，能遇到一个懂自己的人，便是莫大的幸运。懂得，有时很简单。一个眼神，一句鼓励，一抹微笑，便在不经意间读懂了你。

懂你落花时的感伤，懂你低眉时的温婉，懂你温柔背后的坚强，懂你淡然一笑的深情。是的，懂你冷暖，知你悲欢。这样的懂得，是温柔，是慈悲，是琴瑟在御，岁月静好的美丽。

真正的懂得，无需刻意逢迎，只在心灵交会的一瞬间，寂静欢喜。它与风月无染，与名利无关。

真正的懂得，是心有灵犀的默契，是默默无闻的陪伴，是源自内心深处的理解与感应。就像蓝天对白云的包容，一朵花对另一朵花的欣赏。

几米说："总会在世界的一角，找到愿意懂你的人。"那个人，众里千寻，蓦然回首，就在灯火阑珊处。你念或者不念，就在那里，不悲不喜。

作家马德说："懂得，是发自内心的心声。"懂得，是心与心的交流，是情与情的交融，是生命与生命的相惜。哪怕咫尺天涯，也心心念念。懂得，便是世间最温暖的语言。

徐志摩说："我懂你，像懂自己一样深刻。"懂你，无需千言万语。懂你，就是懂自己。懂你的爱恋与忧伤，懂你的无助与彷徨。人生路上，懂得，就是最难得的遇见。

懂得，是一树一树的花开，绽放生命的美好。

懂得，是生命的慈悲

有一种懂得，是历经沧桑的睿智，是磨炼之后的成熟，是领悟之后的旷达。这样的懂得，是面对生活的刁难，人生的起伏，依然有"回首向来萧瑟处，归去，也无风雨也无晴”的洒脱情怀。

一个有阅历的人，经历过坎坷不平，看过万千风景，更容易对生命产生怜悯和慈悲。

佛说，众生皆苦。人生之路，会有荆棘丛生，也会有百花芬芳。会有云水悠悠，也会有疾风骤雨。

于心中，根植一份懂得，便是岁月给予的慈悲。看春花秋月，赏夏风冬雪。听花开花落，随缘来缘去。

因为懂得，所以相知相惜。因为懂得，所以接纳包容。因为懂得，所以善良慈悲。

懂得感恩，感恩每个清晨醒来的日出，感恩每个夕阳西下的黄昏，感恩人生路上遇到的每一个人，感恩岁月漫长，让你慢慢成长。

懂得珍惜，珍惜每一个当下，珍惜每一次付出，珍惜每一份感情，珍惜眼前人。不要等到失去了，才想到拥有时的珍贵。

岁月催人老，人生本过客。淡看繁华与沧桑，是修行，亦是懂得。

一花一世界，懂得便是慈悲。

淡然，是一种心境，亦是生命的从容

人生最美的风景，是淡然

人生，到了一定阶段，便越来越喜欢淡然的感觉。

淡然的感觉，像春天的风，温婉柔和，却不失希望。淡然的感觉，似连绵的山川，沉默不语，却不失威严。淡然的感觉，如奔流的溪水，清冽欢快，却不失澄澈。

褪去浮华，删繁就简，越来越爱这种恬静的淡然。淡淡地生活，淡淡地思考，淡淡地微笑，淡淡地去爱，爱自己，也爱值得爱的人……

淡然，是人生最美的风景。那些随风而逝的往事，那些随云烟散去的故人，那些生活中的琐碎，那些命运里的无常，那些挥之不去的眷恋……都在淡淡的回眸间，化作指尖的沧海桑田。

淡然，不是漫不经心，更不是冷漠无情。淡然，是将万千凝思在内心缓缓释放。宛若一支沉香，在岁月叠加的厚重里，点燃无言的馨香和静美。

浅笑低吟，种植一份淡然于心间。采菊东篱下，悠然见南山。怀一份淡然，携一份悠远，在风雨人生中寻一处桃花源，自在安然。

淡然，是一种心境

淡然，是“非淡泊无以明志，非宁静无以致远”的恬淡高雅，是“行至水穷处，坐看云起时”的悠然闲逸，亦是“一蓑烟雨任平生，也无风雨也无晴”的潇洒豪迈。

淡然，是一种人生态度。淡然，是历经沧桑之后的懂得，是铅华洗尽的超脱。

以一颗淡然的心，面对一切。漫漫人生，葱茏岁月，只要努力过，追求过，奋斗过，便是无悔。爱恨蹉跎，哭过也笑过，盈一怀安恬，泊一处淡然。

人生因为淡然而质朴沉静，岁月因为淡然而婉约隽永。

佛曰：一花一世界，一木一浮生，一草一天堂，一叶一如来，一砂一极乐，一方一净土，一笑一尘缘，一念一清静。

人间烟火，万丈红尘，以善良，以博爱，以平静，以安然，笑对世间的风风雨雨。繁华落尽，内心依然从容。

淡然人生，守住淡然就守住了人生底线。学会顺其自然，随遇而安。采一缕清风，凭栏远眺；撷一溪闲云，低眉静婉。

淡然，是一种心态，亦是人生至真至纯的境界。解甲归田也好，功成名就也罢，以洒脱笑傲人生，以淡泊守望生命。

最美的人生，也许就是岁月深处，那一抹淡然的回眸一笑。

与生命，淡然相拥

生命的底色，是淡然。

淡淡的真，淡淡的纯，淡淡的情，淡淡的喜悦，淡淡的忧伤，淡淡的回味。

不管生活有多么热闹喧嚣，人生有多么轰轰烈烈，最终都要回归平淡。生命，唯有平淡恬静，才能感受真实的温热。

淡然，是生命苍劲有力的质感。无色，无味，无声，却余韵悠长。如余音绕梁，是绝唱。如空谷幽兰，是芬芳。如星河长明，是璀璨。

用一颗淡然的心，守候生命的豁达。

再忙，也要抬头仰望蓝天，淡淡的白云，悠然缥缈。

再累，也要记得拥抱春风，淡淡的花香，沁人心脾。

再苦，也要学会笑对生活，淡淡的生活，烟火如常。

生命，不是只有美满和欢愉，还有遗憾，还有伤痛，还有落寞，还有悲壮，还有凄凉……放牧心灵，于时光无涯的洪荒里，洒脱前行。

生命，淡然如花就是幸福。淡淡地生长，淡淡地开放，淡淡地释放馨香。

《金刚经》云："一切有为法，如梦幻泡影，如露亦如电，应作如是观。"

拥一怀淡然，感受生命的醇厚绵长，体会生命的豁达从容！

一念放下，万般自在

心若不动，风奈若何？

人生，是一条漫长的旅程。每一步，都是修行。活在这珍贵的人间，会有花开的喜悦，也有花落的伤感，花开花落总关情。

一路走来，看过山清水秀的迤逦，欣赏过大漠孤烟的绝美，亦经历过山谷沟壑的坎坷。好的坏的，都是风景。

站在岁月的渡口，回首凝望。过往，是一道模糊的风景，远了淡了。时光，是一个匆匆的过客，来了走了。感情，是一壶暖暖的茶，浓了淡了。缘分，是一阵轻盈的风，聚了散了。

看清，才能豁达。看淡，才能从容。看透，才是成熟。

看透一个人，一定是被伤害过。放下一段情，一定是哭泣过，绝望过。经历过，才会成长。

人生在世，总会有人喜欢你，也会有人看不惯你。何必在不喜欢你的人那里，折损了尊严。活在这风尘仆仆的世间，总会有几朵祥云为你缭绕。

不必事事都渴求别人的理解和认同，不怕误解和嘲讽，不惧流言和伤害。安安静静做自己，不动声色地优秀，不慌不忙地坚强。心若不动，风奈若何？

不回头，莫将就

时间推着我们向前走，往事不必再回头。忘掉那些不愉快，人总要学会与自己和解。原谅别人，也是在成全自己。放下过去，也是在成就未来。

生活没有那么完美，但也没有那么糟糕。错过了昨夜的星辰，依然能看到今天晨曦升起的太阳。失去了一片绿地，依然能够在转角处，遇到半亩花田。那些遗憾，总会以另一种方式来偿还。

余生不将就，以一颗明媚的心，饱满地生活。给生活一个微笑，少一点抱怨，多一份感恩。那些想要的美好，终会不约而至。

往后的人生，学会做减法，减少自己的欲望和执念，保持心灵的丰盈和富足。

闲看一溪云，静读一卷书，淡品一盏茶。醒时邀陪明月，醉时枕花而眠。

心平气和，更能感受自然万物的美。春天的千娇百媚，夏天的大雨滂沱，秋天的落叶纷飞，冬天的煮雪烹茶，都是生命的馈赠。静下来，慢下来，发现美，感受美，美就在身边。

哪怕什么都不想，静静地坐在窗边，望着辽远的天空发呆，彻底将自己放空。且听风吟，不问沧桑。且闻花香，不谈悲喜。

一念放下，万般自在

凡事看淡一点，随缘自在。不必纠结那些得不到的和已失去的。得不到的，也许是机缘未到。已失去的，也许从未真正属于过你。不是自己的，强求也没有用。是自己的，兜兜转转还会再回来。

佛家有语曰：“放下悭贪是布施，放下恶业是持戒，放下懈怠是精进，放下嗔恚是忍辱，放下散乱是禅定，放下愚痴是般若，放下虚伪是真诚，放下污染是清净，放下傲慢是平等，放下自私是慈悲。”

放下过往的云烟，向前走，就能看到柳暗花明的明天。不念过去，不畏将来。

回归自我，用善良做人生的底色，修得一颗云水禅心，淡看世事沧桑。

感恩生命里遇到的每一个人，相信每个人的到来，都是教会你成长。有的人，教会你爱和被爱，有的人教会你遗憾和珍惜。

入了心的人，坦诚相待。不入心的人，不屑于敷衍。每一次相逢和离别，每一次幸福和痛苦，都会让自己成为越来越好的人。

往后余生，把爱留给值得的人，把时间和精力留给值得的事。拿得起，也放得下。敢拥有，也敢放弃。

三毛曾说：“我来不及认真地年轻，待明白过来时，只能选择认真地老去。”岁月很长，不必慌张。忠于自己的内心，走好脚下的路。

笑看花落，坐看云起。人生最美的风景，是内心的淡定与从容。

路一程山水，度一段年华。修一树菩提，织一锦烟霞。

一世浮生，一瞬刹那。一念放下，万般自在。

既往不恋，当下不杂，未来不忧

人生路漫漫，道阻且长。这一生，会享受阳光的照拂，也会经历风雨的洗礼。会有不期而遇的温暖，也会有旦夕祸福的叵测。

有些路，终要自己一个人走，是平坦，是泥泞，都不能回头。有些苦，只能自己默默品尝，熬过去了，就成长了。

那些曾以为走不出来的困境，终会跨越。那些曾以为攀登不了的高峰，终会登顶。那些曾以为无法忘却的悲伤，终有一天会风轻云淡。

珍惜所有的陌路相逢，看淡所有的不欢而散。人生最好的态度便是：既往不恋，当下不杂，未来不忧。

学会放下，既往不恋

人生难得，是放下。若不放下，怎能继续前进？若无舍，怎有得？

放下名利，方得自在和从容。放下情执，方得坦然和洒脱。放下过往，才能拥抱现在和未来。

不纠结于过去，更不要拿过去的错误，来惩罚现在的自己。给时间以时间，让过去成为过去。

一代才女林徽因曾经说：“人间许多情事其实只是时光撒下的谎言，而我们却愿意为一个谎言执迷不悔，甚至追忆一生。”

也许在我们每个人的内心深处，都曾有一些执念，或是功名利禄，或是成败得失，或是爱恨痴缠。执于一念，便会受困于一念；一念放下，便会心素如简，自在安宁。

“岁月是一场有去无回的旅行，好的坏的都是风景。”生活中有酸甜也有苦辣，人生路上有顺遂也有坎坷。不沉醉于往日的辉煌，也不沉溺于过往的忧伤。

既往不恋，才能不乱于心，不困于情，勇敢前行。

物来顺应，当下不杂

在万千繁华中，保持一颗宁静的心，不以物喜，不以己悲。不因外界的喧嚣而浮躁，不因别人的评判而动摇。

顺其自然，专注地活在当下，这是一种能力，亦是一种境界。不杂，不乱，不惊，不扰，亦不惧。

走好脚下的路，做好眼前的事，珍惜身边的人。好好地活在当下，听一朵花开，看一溪云游，嗅一缕书香。安静地享受生活的每一寸美好，坦然地过好生命的每一个瞬间。

漫长的生命，也是由每一个当下组成的。过好每一个当下，才能无愧于人生。活好现在，珍惜眼前。

一行禅师曾这样写道：当我们深深融入当下，全心全意地对待平静寻常的时刻，我们就可以触及过去与未来；当我们知道如何恰当地把握当下，我们就能治愈过去、改变现在。

以欢喜心过生活，以柔软心除挂碍，以清净心过好每一个当下。处变不惊，静观花开花落。去留无意，淡看明月清风。

淡定坦然，未来不忧

未来总是美好的，因为它充满了希望。希望，有着穿透一切黑暗的力量，在内心深处，澎湃着，生长着……

成熟的人，心怀希望，但不过度幻想未来。未来充满了变数，你永远不知道，惊喜和意外哪个会先来。

有时候，你对人生所有完美的规划，抵不过一次突如其来的变故。但行好事，莫问前程。好也罢，坏也罢，一切都是最好的安排。

别对未来抱有太多不切实际的幻想，别对过去怀有太多放不下的牵挂，安安静静，踏踏实实地走好现在的路。再坚持一下，再努力一点，不负自己，不负岁月。

看清世间的风云变幻，看淡生活的人情冷暖，看透命运的生死无常。携一颗淡然的心，宁静致远，优雅从容。且将新火试新茶，诗酒趁年华。

坦然地活在当下，不沉浸于过去的喜乐悲伤，不被时下的纷扰所牵绊，也不为未知的将来所忧虑。

正如弘一法师的这首诗："过去事已过去了，未来不必预思量。只今便道即今句，梅子熟时栀子香。"

珍惜当下，珍惜此刻，珍惜生命里的每一次相逢。坦然地过好眼前的每一分每一秒，内心也会丰盈而平静，生活也会变得充实而有趣。

既往不恋，未来不忧，是一种心态。物来顺应，当下不杂，是一种智慧。

做一个通透而又豁达的人，既往不恋，当下不杂，未来不忧。如此，安好！

安静，是一种修养，亦是一种境界

有一种美，叫安静

我喜欢安静，尤其喜欢安静的黄昏。

夕阳西下，倦鸟归巢，暮色四合，光影绰绰。世间万物，都仿佛披上了一层薄纱，有一种朦胧含蓄的美。

斑驳的光影中，玉兰花已悄然开放，宛若挂在枝头的一弯新月，朵朵温凉。它不问世事无常，也不管有没有人来欣赏。它只是安静地，在属于自己的春天，绽放自己的一抹春色，优雅独芳华。

做一个安静美好的人，像花儿一样，淡淡的馨香，于心灵深处自在开放。花开一季，美丽绚烂，虽然只是短短的一季，却会温暖整个心间。

人，有时候也是要有一点孤意的。不必追逐世俗的热闹，不去羡慕凡尘的繁华。让自己静下来，慢下来，对着一朵花静默，在静默中，沾染悠然的香。

有一种美，叫安静。它是对待生活的淡定洒脱，是对待未来的默默期许，亦是静守内心的蓬勃与充实。

安静，是一种境界

周国平说："人生最好的境界是丰富和安静，安静是因为摆脱了外在的虚名浮行的诱惑，丰富是因为拥有了内在的精神宝库。"

安静，是内心最美的风景。人生因安静而丰盈，岁月因安静而静美。

安静的人，即使外表看起来不动声色，内心却是一片繁花似锦。安静，是一种深邃的澄澈，如静水深流，随和淡然。

不去打扰别人的生活，亦不被别人打扰自己的安静。安静地与自己相处，在纷繁的世界里，找到属于自己的位置，守拙抱朴，荣辱不惊。

安静，是一种修养，更是一种能力。选择一种安静的生活态度，然后在安静中，不慌不忙地坚强，不急不躁地成长。

安静的美，胜过一切。朝看晨曦，暮浴晚霞，冬日赏雪，春来看花。

只有心静了，才能听见花开的声音。只有经历了，才能体会生活的充实。只有懂得了，才能明白生命的慈悲。

在如水的光阴里，用一颗素简的心，静守流年。执一支素笔，描摹生命宁静的画卷。

闲来泡一壶茶，静享浮世清欢。茶叶浮浮沉沉，人生不过是拿起与放下。茶烟袅娜，香风细细。杯盏之间，品的是茶，静的是心，悟的是人生，涤的是灵魂。

正如白落梅所说："品茶，就是为了品一盏纯粹，一盏美好，一盏慈悲。我们就在茶的安静、茶的湿润里，从容不惊地老去。"

与生命，安静守望

心安了，人就静下来了。

安静，是生命的豁达。微笑面对成败，坦然接受得失。不争不抢，心平气和，一蓑烟雨任平生，也无风雨也无晴。

安静，是人生的智慧。与人相处，不去计较太多。不怕误解，不惧流言。能相交的人，以诚相待。不能相交的人，敬而远之。

安静，是一种无言的美。恍若春日百花，夏日凉风，秋日落叶，冬日白雪。一方静谧，染着幽幽清香，美到极致。

静下来，听听内心的声音。以一颗清明澄澈的心，淡看世事沧桑。宠辱不惊，闲看庭前花开花落。去留无意，漫随天外云卷云舒。

佛曰：“坐亦禅，行亦禅，一花一世界，一叶一如来，春来花自青，秋至叶飘零，无穷般若心自在，语默动静体自然。”

安静，是遗世而独立的优雅。掬一捧淡然，握一份懂得，盈一眸清远，静以修身，随遇而安。

岁月深处，与生命安静守望。

沉默，是无言的笙歌

内心强大的人，都懂得适时的沉默。

沉默，是一种境界。没有历经世事的人，不会懂得沉默。心浮气躁的人，无法学会沉默。

沉默，是人生某个阶段必经的状态。安安静静，沉默不语。

只有静下来的时候，心窗才能打开。阳光才能照耀进来，月色才能流淌进来，花香才能萦绕进来。

如此，生命才会有丰盈与厚重。

一个人的情绪到了尽头，是沉默

越来越喜欢沉默。

不是不说，而是有时候沉默更有力量。每个人都有自己的难处，也有自己的委屈。

有些话本来是想说的，可是等到说的时候，却又说不出口了，不如不说。

有些话似乎说了也没有用，说给不懂的人听，反而显得自己无趣。

所以，慢慢学会了沉默。

有些人，无所谓好坏，只是立场不同。立场不同，态度也不一样。

有些事，无所谓计较不计较，只是选择了放下。放下，才能继续前行。

任何时候，都没有必要为了不值得的人，不值得的事，伤心，费神。

沉默，是一种无声的呐喊。那些委屈并不会因为不说就削减半分，它们就像黄昏里的残阳，悄无声息地隐没在山岚深处。

所有的释怀，只有自己一点一滴地去拼凑。如同朦胧的月色，在浩瀚的夜空里，打捞着旧时的记忆，独自皎洁。

有的事情，并没有对错之分，只是每个人的立场不同，想法不同，看问题的角度也有所不同，真的无法强融。

经历得多了，就会明白，沉默是一种隐忍的克制，也是一种无需声张的智慧。

真正的成熟，是懂得沉默

沉默，是成熟者的通行证。很难想象，一个成熟的人，会大喊大叫，会喋喋不休。

真正成熟的人，会懂得藏锋敛锐，懂得保持沉默。

高山沉默不语，自有巍峨。大海沉默不语，自有浩瀚。雄鹰沉默不语，自会振翅翱翔。

成熟，不需要说太多，只是默默做好自己该做的事情。不说，不是害怕，不是软弱，更不是逃避，而是用另一种更加温和的方式解决问题。

人与人之间，不可避免地出现各种各样的矛盾，矛盾也不是用争吵和暴力就能解决的。这个时候，往后退一步，保持沉默，更能避免矛盾的升级与恶化。

退一步，海阔天空。退一步，风平浪静。

沉默，是无言的笙歌。它是孤独者的慰藉，总在有月亮的晚上，默默低吟浅唱。

人，是要有一些孤意的。偶尔，远离喧嚣的人群，给自己独处的空间。

走出去，对一朵花微笑，与一片叶言语，和一缕清风缠绵。一草一木，一花一叶，总是比繁杂的人事更容易让人静心。唯有静下心来，才能与自己好好相处。

沉默，是李白“举杯邀明月，对影成三人”的孤独。沉默，亦是柳宗元“孤舟蓑笠翁，独钓寒江雪”的千古绝唱。

沉默，是一种深远的境界

沉默，是一道唯美的风景。生活中，已经有太多的嘈杂，沉默便是最美的姿态。

一个人安安静静的时候，总是最迷人的。安静地读一本书，不言不语，所有的心动，都融化在低眉浅笑里。

安静地喝一杯茶，不必高谈阔论，也不必去管俗世里的是是非非。只是静下来，用心地品味这杯茶。活在当下，静享美好时光。

安静地发一发呆，什么都不用说，什么都不用做，就只是倚在窗前，眺望远方，放空所有的情感与思绪。沉默，是把自己还给自己，把深情揉进岁月。

沉默，是一种极致的境界。这个世界，很多时候都需要沉默。

古语云：“智者先思而后言，愚者先言而后思。”智者往往深藏不露，低调内敛。相比别人的夸夸其谈，他们更善于思考，更懂得倾听。

在沉默中沉淀自己，通晓世事。在沉默中蓄积力量，厚积薄发。

沉默，不是故作清高，而是一种淡定与优雅。

无需多言，留一份沉默给自己，不吵不闹，不喧哗，不忧不惧，不悲伤。用一颗坦荡从容的心，勇敢地面对世事沧桑。

做一个沉默的人，在安静中提升自我，在释怀中坦然前行。

人生最美的风景，是内心的淡定与从容

人生最美的风景，是内心的从容与淡定。

漫长的人生旅途中，学会与自己相处。让自己的内心安静祥和，让心境清澈如水。

庄子说：“独与天地精神往来。”在自我相处中，感受天地的无穷奥妙，重新认知自我，默默提升人生的境界。

一个人，无论多么优秀，多么善良，都不可能得到所有人的喜欢。

有人喜欢你，就有人讨厌你。有人羡慕你，就有人嫉妒你。有人鼓励你，也会有人诋毁你。

有一个词叫“喜恶同因”。别人喜欢你和讨厌你，都是因为同一个原因。同样是你，同样的事情，不同的人，看到之后，内心的反馈是不一样的。

这是人生的常态，无需太过纠结。我们无法改变别人的看法，也不必活在别人的世界里。

不要在不喜欢你的人那里，卑躬屈膝，折损了尊严，又丢掉了快乐。

不必刻意去讨好别人的喜欢，委屈了自己，别人也未必领情。也不必假装合群，而要忠于自己的内心，既能繁花似锦，也可以安之若素。

与其讨好，不如悦己。正如作家马德所说：“人生的轻松，就是能在这个喧嚣的尘世，不用献媚于谁，也不必跟谁说讨好的话，他玩他的，你活你的。两不相干，然后，两相安。”

不是一类人，永远无法活在一个世界里。

“触目横斜千万朵，赏心只需三两枝。”知心的人，无需太多，三两个足矣。

人生的疲惫，就在于奢望所有人的理解。理解自己的苦衷，理解自己的无奈，理解自己的用心良苦。

越是渴求别人的理解，越是小心翼翼，唯唯诺诺。生怕自己说错了什么，做错了什么。

在矮化的自尊里，曲意逢迎，甘苦自尝。为难了别人，也压抑了自己。

到最后，才明白：别人不是你的彼岸，不必苛求所有人的理解。

懂你的人，无需多言，自会懂得。不懂你的人，费尽思量，百口莫辩。

与其在不懂你的人那里苦苦挣扎，不如在懂你的人群里优雅地散步。

我们最终是活在相悦的人心里。这风尘仆仆的人间，总会有几个赏心的人。

一颗平静如水的心，一个坦然自若的态度，就是最朴素的美好。

喜欢一句话：“从自己出发，然后回到自己，这是一个人的狂欢与悲喜。”

自己与自己，可以好好相处。在一个人的世界里，学会享受孤独，学会重新审视自己，学会默默地积蓄力量。

作家当年明月在写尽了大明王朝的历史风云之后，总结道：“成功只有一个——按照自己的方式，去度过人生。”

按照自己喜欢的方式，过好这一生。

忠于自己的节奏。每个人都有自己的人生节奏，有的人刚刚起步，有的人已经功成名就，有的人正在慢慢突破。

向上看，不必嫉妒，不必自卑，更不必焦虑。向下看，也不必得意扬扬，更不必看不起谁。唯有平视，才能认清自己的位置。

踏踏实实地做好自己的事情，向别人学，跟自己比。人生，进一步，自有进一步的欢喜。

认真且努力，活出生命的丰盈与饱满。

那些沧桑与凄凉，那些无奈与哀伤，那些失意与痛苦，也都一并收下。

这些，都是岁月赠送的礼物。把所有的悲欢都尝遍，把所有的寂寞都坐断，把所有的美好都典藏。

向素向美，遗世而独立。

尊重自己的想法与感受，不羡慕谁，也不讨好谁，阳光下奔跑，风雨中成长。

接纳自己的不完美。听到别人的赞美，微笑着说声“谢谢”。遇到别人的误解与诋毁，也不再费力去争辩，淡然一笑，置身事外。

杨绛曾说：“我们曾如此渴望命运的波澜，到最后才发现，人生最曼妙的风景，竟是内心的淡定与从容。我们曾如此期望外界的认可，到最后才知道，世界是自己的，与他人毫无关系。”

冷暖人生，悲喜自度。与自己好好相处，享尽人生的繁华与苍凉。